ciencias sociales

Savia

SM

5 primaria

TU LIBRO

Qué importante es...

- la investigación humana.
- cuidar la Tierra.
- respetar la diversidad.
- ...

Comenzarás cada unidad reflexionando sobre un valor a partir de un texto o una imagen.

Secciones más destacadas

CONTENIDOS

Los textos y las imágenes te ayudarán a aprender.

TALLERES

Podrás practicar las técnicas de las Ciencias Sociales.

ORGANIZA TUS IDEAS Y REPASA LA UNIDAD

Un esquema y actividades que te ayudarán a repasar.

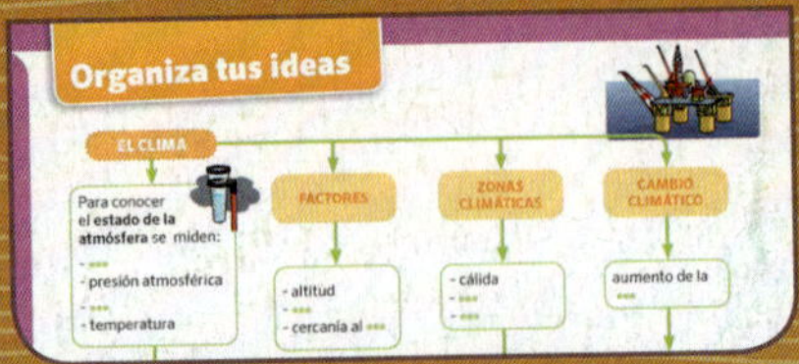

Ponte a prueba

Pon en marcha tus competencias y comprueba lo que has aprendido con la **tarea final**.

Y además...

Con tus unidades

ATLAS. MI MUNDO, MI PAÍS, MI COMUNIDAD

Aprende más con este atlas y conoce a fondo tu comunidad.

Al final de cada trimestre

- REVISTA.
- COMPRUEBA LO QUE HAS APRENDIDO.
- PROYECTO TRIMESTRAL.

Al final del libro

APRENDE MÁS

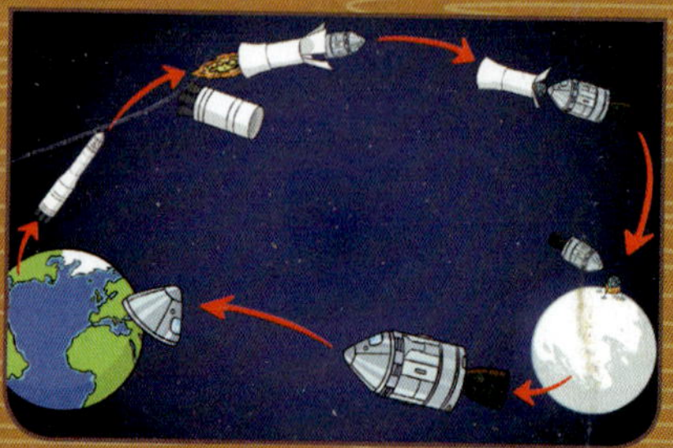

Tu entorno de aprendizaje **Savia**digital

(www.smsaviadigital.com)
Tu sitio en la web para aprender y divertirte.

Ponte a punto

Actividades iniciales para recordar lo que ya sabes y prepararte para seguir aprendiendo.

Comprende

Vídeos y animaciones que te ayudarán a comprender mejor los contenidos.

Animación

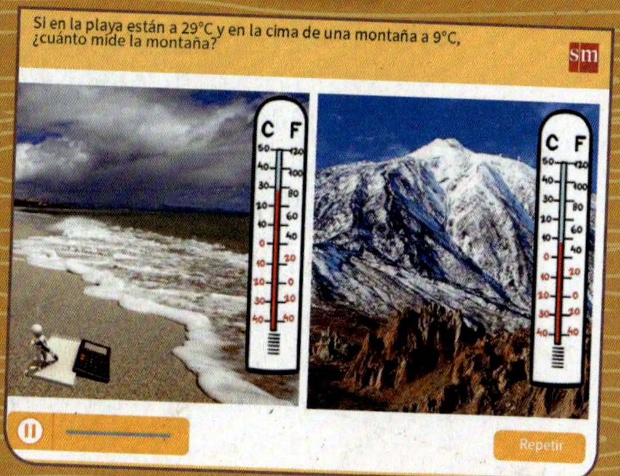

Juega y aprende/Practica

Juegos y actividades. Así, todo lo que aprendas no se te olvidará.

Juego

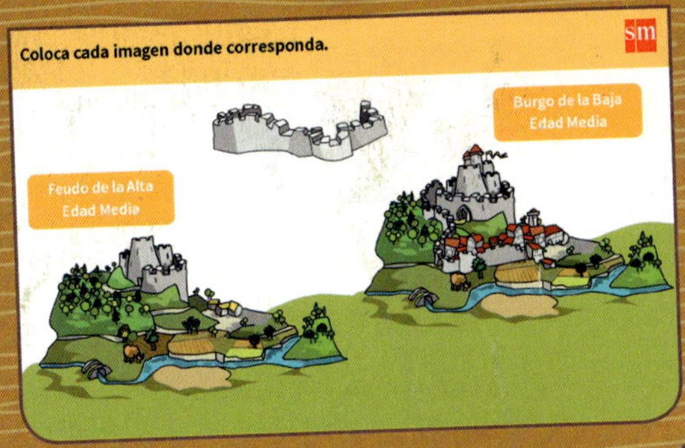

Valora lo aprendido

Actividades finales con las que comprobarás todo lo que has aprendido y cómo has trabajado.

Entrar en **Savia**digital es fácil:

1. Escribe en internet la siguiente dirección: smsaviadigital.com
2. Regístrate e introduce el número de licencia que encontrarás nada más abrir tu libro.
3. Como solo debes registrarte una vez, anota tu identificador y contraseña.

Índice

Contenidos

Secciones finales

Aprende más. Cronología 130

unidad **1**

Del universo a la Tierra

¡Qué importante es... la investigación humana!

La investigación espacial ha aportado inventos que mejoran nuestra vida cotidiana, como los satélites artificiales que usamos para predecir el tiempo, o los GPS, que nos orientan por las carreteras. Todos estos avances han sido posibles gracias al interés de las personas por entender y conocer el universo.

Tarea final

Construye un sistema solar con tus compañeros.

El pionero del espacio

Konstantín Tsiolkovski no pudo ir a la escuela debido a una enfermedad que lo dejó casi sordo. Sin embargo, estudió en las bibliotecas de Moscú y leyó libros de muchas disciplinas que su padre tenía en casa. Lo hizo con tanta dedicación, que se convirtió en un físico prestigioso… ¡y en un auténtico soñador!

En su mente creativa, veía al ser humano viajando por el espacio. Y se pasaba la vida dibujando cohetes con cabinas para protegerse de los meteoritos, asientos preparados para el despegue, bolsas de aire para poder salir de la nave y respirar en el espacio… Hasta que en 1883, cuando ni siquiera había coches por las calles, Konstantín Tsiolkovski diseñó, junto con el ingeniero Nikolái Zhukovski, la primera nave espacial.

Hablamos

1. Tsiolkovski soñaba con ver al ser humano en el espacio, aunque nunca pudo llegó a presenciarlo. ¿Sabes cuándo llegaron las personas al espacio? ¿Sobre qué cuerpos celestes han andado?
2. Si observamos el cielo por la noche, vemos millones de puntos luminosos. Indica qué tipo de cuerpos celestes son.
3. Las placas solares se inventaron para dotar de energía a las naves espaciales. Hoy día también las usamos en nuestra vida cotidiana, por ejemplo, en las calculadoras solares.
   a) ¿Conoces otros usos de las placas solares? Compártelos con tus compañeros.
   b) ¿Por qué se dice que la energía solar es un tipo de energía renovable?

1 Vivimos en el universo

Nuestro planeta, la Tierra, depende en gran parte de una estrella: el Sol. Pero el Sol no es la única estrella: si pudiésemos viajar en una nave espacial y ver el espacio, observaríamos que el Sol es solo una más entre muchos millones.

Galaxias llenas de estrellas

Las estrellas del universo se agrupan en **galaxias**. En cada galaxia hay estrellas, pero también planetas que giran a su alrededor y otros cuerpos que giran alrededor de los planetas.

El Sol y los planetas que giran a su alrededor, como la Tierra, forman parte de una galaxia llamada **Vía Láctea**.

¿Qué es un año luz?

Imagina una autopista desde la Tierra a la Luna. Conduciendo un coche sin parar, tardaríamos 160 días en llegar. Y si pudiésemos ir en coche al Sol tardaríamos... ¡170 años!

Como ves, el universo es inmenso y si se emplearan las medidas habituales para medir las distancias entre los cuerpos del espacio como, por ejemplo, los kilómetros, habría que escribir números larguísimos. Por eso, los astrónomos usan una unidad de medida diferente: el año luz.

Un **año luz** es la distancia que un rayo de luz recorre en un año.

La luz es mucho más rápida que cualquier vehículo: recorre 300.000 kilómetros en un segundo. Así, la luz del Sol tarda solo 8 minutos y 20 segundos en llegar a la Tierra.

smSaviadigital.com
COMPRENDE Existen **estrellas de diferentes colores**. Averigua por qué y explícalo en tu cuaderno.

smSaviadigital.com
INVESTIGA ¿Cómo nace una estrella? ¿Las estrellas mueren? Descúbrelo.

¿Sabías que...?

- La teoría más aceptada sobre el origen del universo se basa en una gran explosión, y sus consecuencias aún no han terminado. ¡Fue el Big bang! Obsérvalo en tu Atlas.

¿Cómo es el Sol?

El Sol es una **estrella**, es decir, una masa gigante de **gases** con forma de **esfera**. Es cien veces mayor que la Tierra, y en su interior se generan enormes cantidades de energía que llegan a la superficie de nuestro planeta en forma de **luz y calor**.

El Sol es la estrella más cercana a la Tierra y, por eso, la vemos como la mayor estrella de universo. Sin embargo, hay estrellas mucho más grandes.

El Sol y el resto de estrellas están en continua transformación. Algunas, después de millones de años de vida, se apagan, mientras que otras explotan y lanzan su materia al espacio.

¿Sabías que...?

La estrella más "Próxima"

La estrella más cercana al Sol, Próxima Centauri, se encuentra a cuatro años luz de nosotros. Es decir, que la luz que envía tarda cuatro años en llegar a la Tierra.

Próxima Centauri es una estrella enana roja, y no se han descubierto planetas a su alrededor.

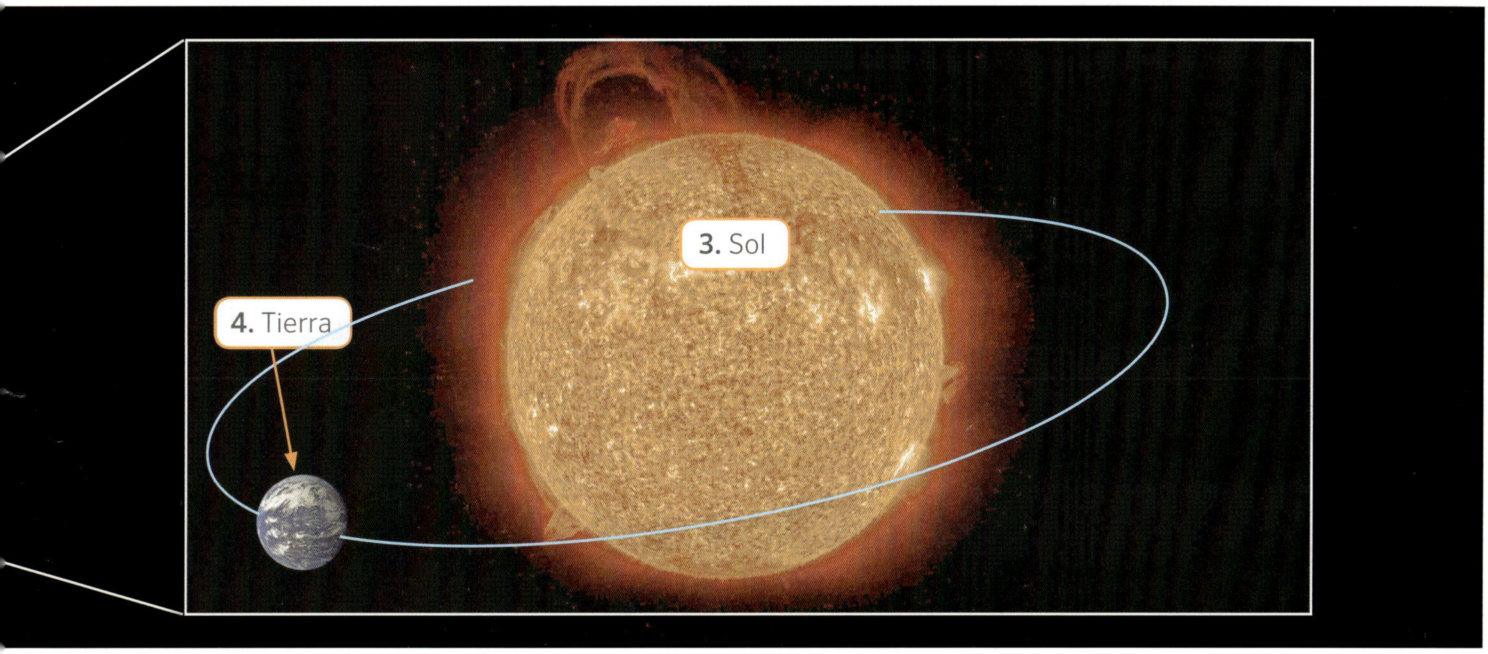

- Las **galaxias** son agrupaciones de millones de estrellas. La galaxia donde está la Tierra es la **Vía Láctea**. El **Sol** es la estrella más cercana a la Tierra.
- Para medir las distancias en el universo se usa el **año luz**.

Actividades

1. ¿En qué galaxia está el Sol?
2. El Sol no es la estrella de mayor tamaño de nuestra galaxia. Entonces, ¿por qué es la estrella que vemos más grande?
3. ¿Por qué medimos las distancias del universo en años luz y no en kilómetros?

Usa todos tus recursos

4. Las galaxias pueden ser irregulares si no tienen forma definida, elípticas si tienen forma de elipse, o espirales, si parecen un disco con brazos. Fíjate en la fotografía de la Vía Láctea. ¿Cuál de estas tres formas tiene nuestra galaxia?

2 Un viaje por el sistema solar

Si un extraterrestre viajase por nuestra galaxia y se acercara al Sol, vería que alrededor de él giran ocho grandes astros y otros cuerpos celestes. Todos ellos forman el **sistema solar**.

Los grandes astros del sistema solar son **planetas** como la Tierra.

¿Cómo son los planetas del sistema solar?

Los **planetas** del sistema solar son astros que giran alrededor del Sol, en una trayectoria casi circular que se llama **órbita**. Además, los planetas giran sobre sí mismos, y alrededor de ellos pueden girar otros cuerpos celestes llamados **satélites**.

Los planetas son prácticamente esféricos y **no tienen luz propia**.

En el sistema solar hay ocho planetas, que se pueden clasificar en:

- **Planetas interiores: Mercurio**, **Venus**, la **Tierra** y **Marte**. Son los más cercanos al Sol, y están separados del resto por un cinturón de asteroides. Son los de menor tamaño y su superficie es sólida y rocosa.

  La Tierra es el único planeta interior que tiene un satélite: la **Luna**.

- **Planetas exteriores: Júpiter**, **Saturno**, **Urano** y **Neptuno**. Son los más alejados del Sol. Su tamaño es mucho mayor que el de los planetas interiores. Su superficie es gaseosa y poseen numerosos satélites.

EL SISTEMA SOLAR

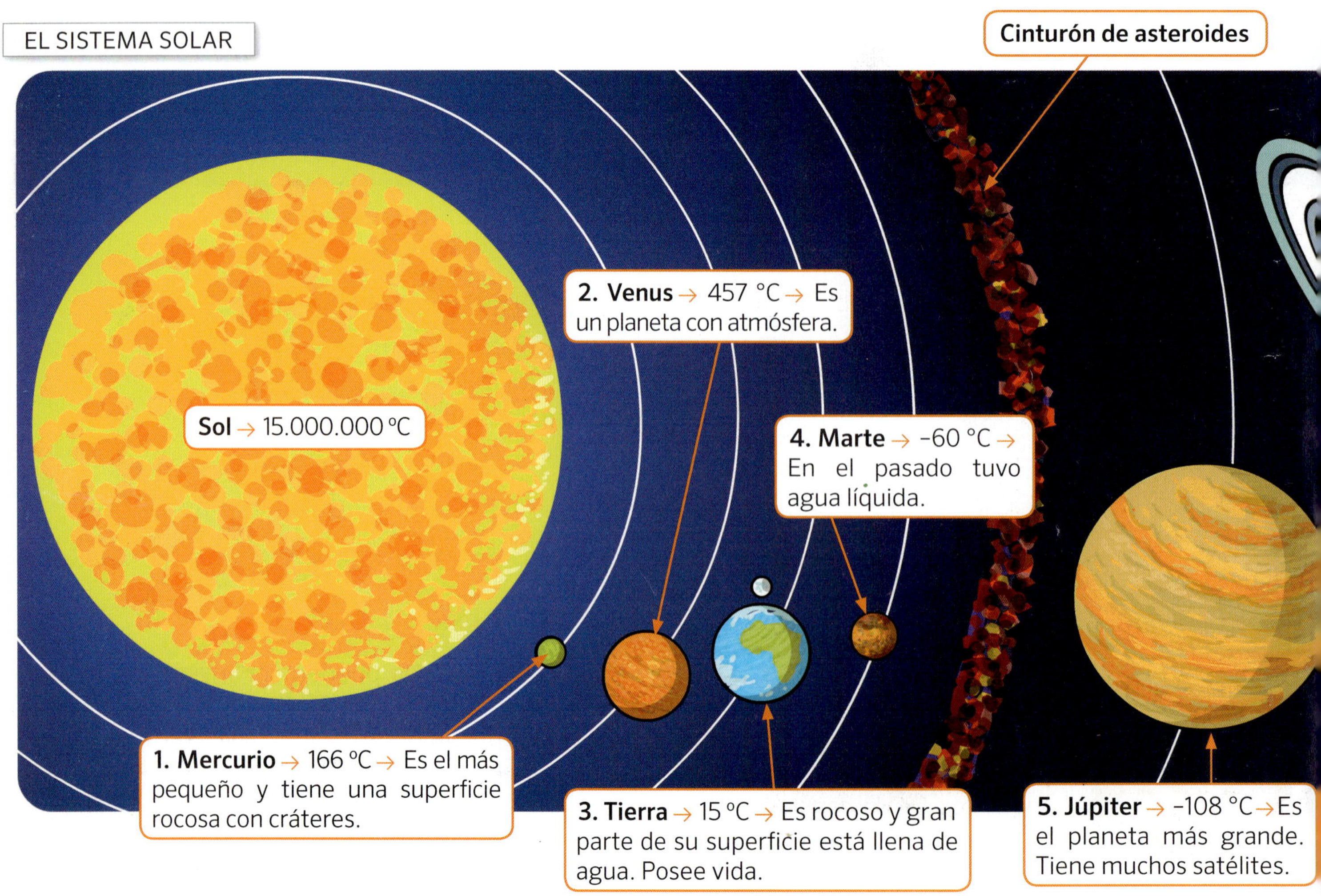

¿Existen otros astros en el sistema solar?

En el sistema solar, además del Sol, de los planetas y de los satélites, existen otros astros: los **cometas**, los **asteroides** y los **meteoritos**.

1. Los **cometas** son cuerpos compuestos por hielo, polvo y roca. Cuando se acercan al Sol, su hielo se evapora y a su paso dejan una cola luminosa.

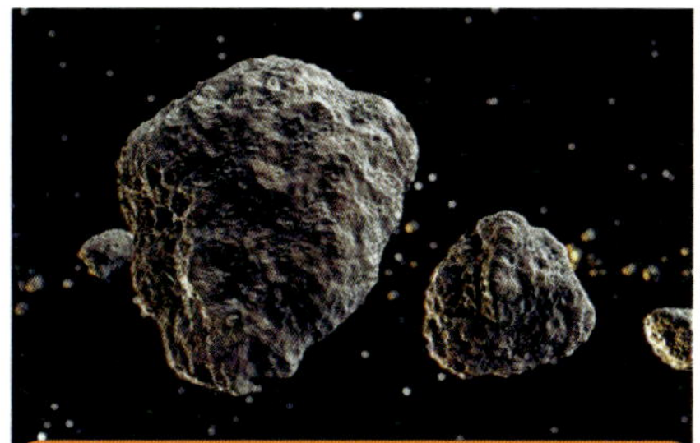

2. Los **asteroides** son grandes rocas que giran alrededor del Sol. Suelen encontrarse en una zona entre Marte y Júpiter llamada **cinturón de asteroides**.

3. Los **meteoritos** son rocas de menor tamaño. Al entrar en contacto con nuestra atmósfera, pueden incendiarse y formar las **estrellas fugaces**.

- El **sistema solar** está formado por el **Sol**, los **planetas**, los **satélites** y **otros astros**.
- Los planetas pueden ser **interiores**: **Mercurio**, **Venus**, la **Tierra** y **Marte**; o **exteriores**: **Júpiter**, **Saturno**, **Urano** y **Neptuno**.

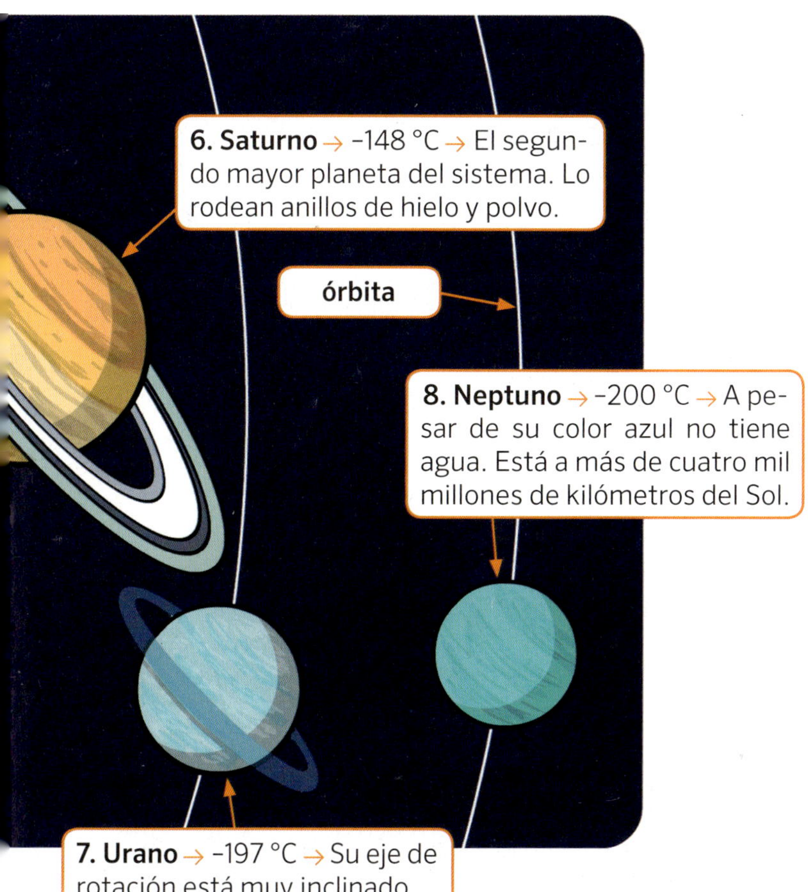

Trabaja con la imagen

5. ¿Qué planeta es el más cercano al Sol?
6. Señala alguna característica común a las estrellas y los planetas, y señala sus diferencias.
7. ¿Qué planetas tienen mayor tamaño, los rocosos o los gaseosos?

Usa todos tus recursos

8. Observa la temperatura media de los planetas. ¿Cuál es el más frío?
9. smSaviadigital.com PRACTICA Identifica los **planetas del sistema solar**.

3 Los giros de la Tierra

Como el resto de los planetas del sistema solar, la Tierra realiza dos tipos de movimientos: el de **rotación** y el de **traslación**.

LA ROTACIÓN TERRESTRE

La Tierra gira sobre sí misma

La Tierra gira alrededor de su eje. Este giro, que se conoce como **movimiento de rotación**, es similar al de una peonza, y origina la sucesión de los **días** y las **noches**. La Tierra tarda un **día** en dar un giro completo sobre sí misma, es decir, **veinticuatro horas**.

Debido a la rotación, la luz del Sol no alcanza toda la superficie del planeta en el mismo momento, y al tiempo que en algunas zonas de la Tierra es de día, otras zonas no reciben luz y en ellas es de noche.

¿Por qué cambia la hora de un país a otro?

La hora de nuestros relojes se adapta a la luz del Sol. Como la luz no llega en el mismo momento a todas las partes de la Tierra, **la hora del día no puede ser la misma** en todos los países.

Para establecer un horario internacional, los científicos dividieron la esfera terrestre en 24 partes, llamadas **husos horarios**. La mayoría de los países situados en un mismo huso tienen el mismo horario. Así, es posible mantener una diferencia horaria estable con los países de otro huso y evitar problemas a la hora de organizar, por ejemplo, el horario de un viaje.

Taller de Geografía

¡Usa los husos!

Vamos a aprender a calcular la hora durante un viaje. Para ello, usaremos el mapa de husos horarios.

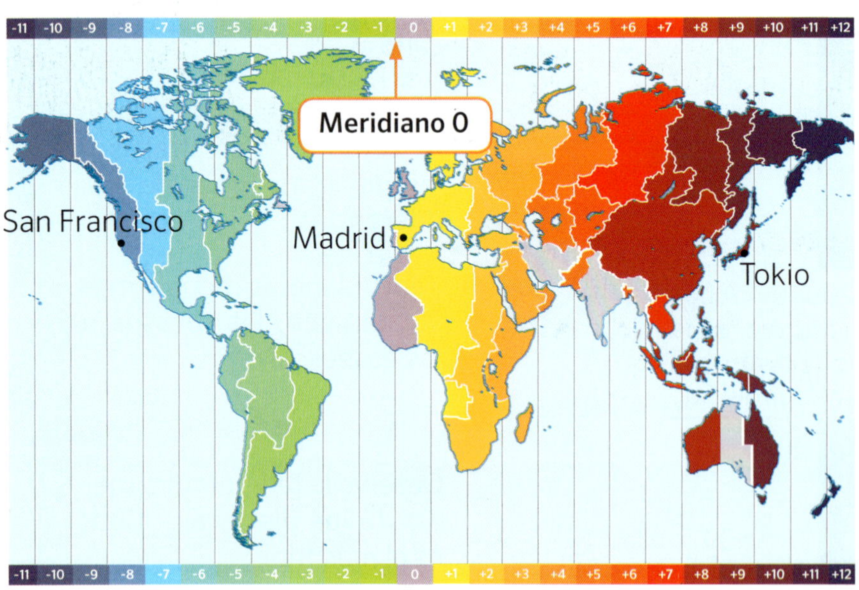

Los **meridianos** son unas líneas imaginarias que pasan por los polos. El **meridiano 0** establece la hora de referencia mundial.

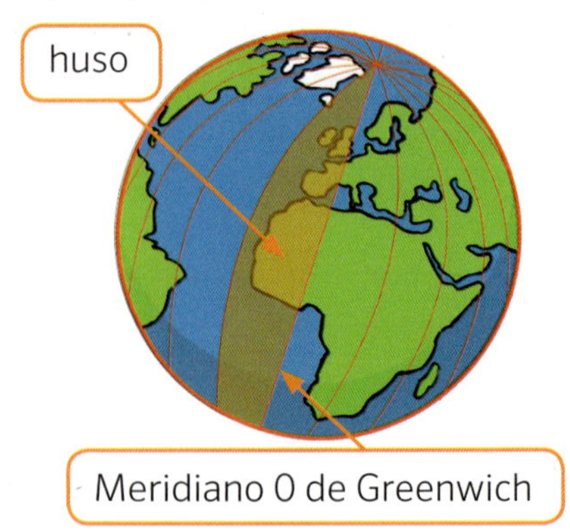

10 ¿Cómo se llaman las líneas imaginarias que dividen la Tierra en los husos horarios?

11 En tu viaje, vas a volar de Madrid a Tokio, y de allí a San Francisco. Volverás en un vuelo directo a Madrid. Anota cuántas horas tendrás que adelantar o retrasar tu reloj.

La Tierra gira alrededor del Sol

La Tierra, además de girar sobre sí misma, también gira en torno al Sol. Este movimiento se llama **movimiento de traslación**. El tiempo que tarda la Tierra en completar este giro se denomina **año** y dura **365 días y 6 horas**.

Los rayos del Sol llegan con **distinta inclinación** a las partes de la Tierra a lo largo del año. Esto se debe a la órbita de la Tierra y a la inclinación del eje, y da origen a las **estaciones**.

Cuando los rayos llegan casi verticales, hay más horas de luz y es **verano**. Por el contrario, cuando los rayos llegan muy inclinados, hay menos horas de luz y tiene lugar el **invierno**.

¿Sabías que...?

La Tierra está dividida en **dos hemisferios** por una línea imaginaria que llamamos **ecuador**. Cuando en uno de ellos es verano, en el otro es invierno.

EL MOVIMIENTO DE TRASLACIÓN TERRESTRE

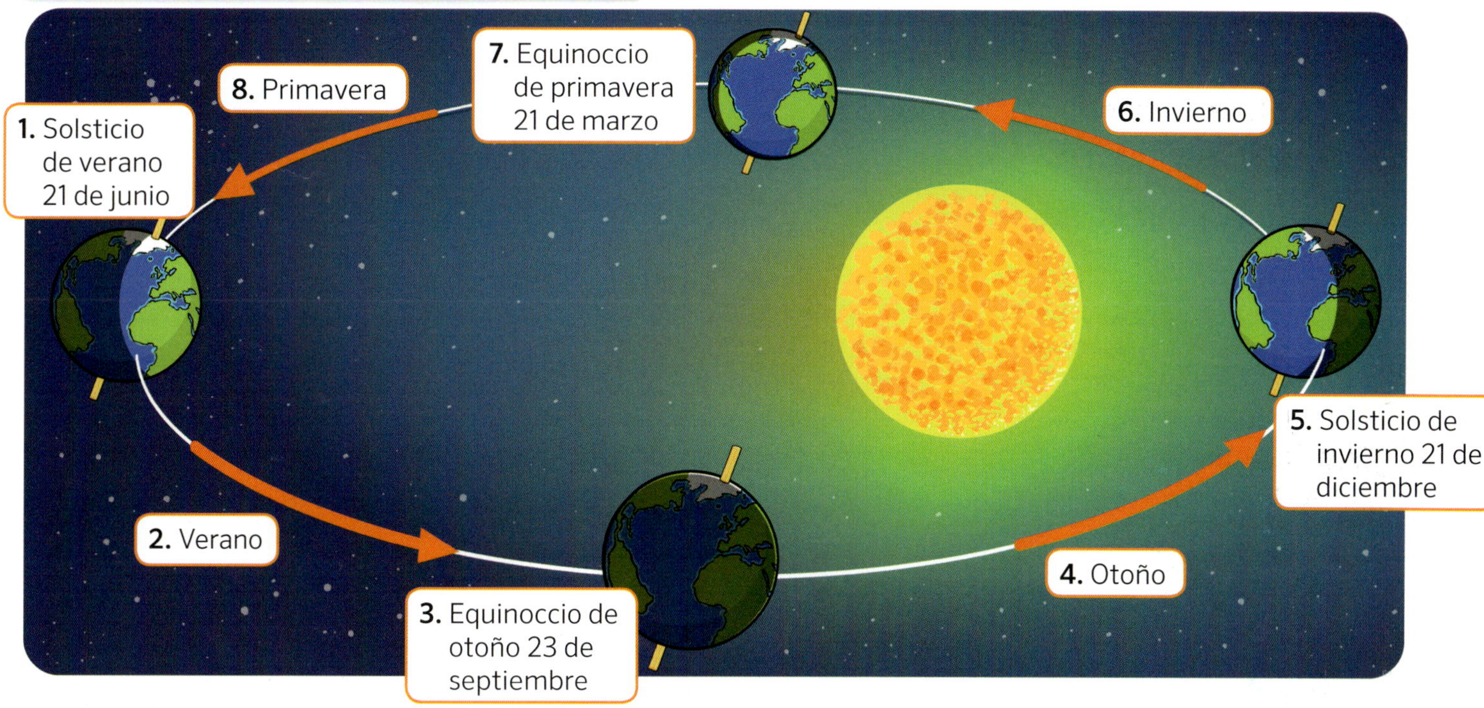

- La Tierra realiza un **movimiento de rotación** que origina la sucesión de los **días** y las **noches**.
- El **movimiento de traslación**, junto a la **inclinación del eje** de giro de la Tierra, es el responsable de las **estaciones**.

Actividades

12 Explica el origen del día y de la noche.

13 ¿Qué es el meridiano de Greenwich?

14 Busca Argentina y España en un globo terráqueo. Si en Argentina es verano, ¿qué estación del año es en España? ¿Por qué?

Usa todos tus recursos

15 smSaviadigital.com
COMPRENDE Demuestra lo que sabes acerca del **movimiento de traslación** que realiza la Tierra alrededor del Sol.

4 Alrededor de la Tierra

La Luna ha fascinado al ser humano desde sus orígenes. En la Antigüedad llegó a ser adorada como un dios. Pero ¿qué es la Luna? ¿Qué nos separa de ella?

La Luna es nuestro satélite

La **Luna** es el único satélite natural que tiene la Tierra. Como todos los satélites, **no emite luz**, sino que refleja la del Sol.

La Luna **no posee agua ni atmósfera**. La falta de atmósfera permite que los meteoritos impacten contra su superficie, que está cubierta de cráteres, y provoca que haya grandes contrastes de temperatura entre el día y la noche.

La Luna, al igual que la Tierra, realiza dos movimientos:

- **Rotación.** La Luna rota sobre sí misma y tarda **28 días** en dar un giro completo.
- **Traslación.** La Luna gira alrededor de la Tierra. Curiosamente, también tarda **28 días** en dar la vuelta completa. A este tiempo se le llama **mes lunar**.

La Luna ejerce una fuerza de atracción sobre la Tierra que provoca movimientos en los mares y océanos: son las **mareas**.

A lo largo de un mes lunar puedes observar cambios en la forma en que vemos a nuestro satélite desde la Tierra. Estos cambios se llaman **fases lunares**, y dependen de la posición de la Luna respecto al Sol y a la Tierra. Las fases lunares son cuatro:

smSaviadigital.com
COMPRENDE La traslación de la Luna.

FASES LUNARES

Luna llena

Cuarto menguante

Luna nueva

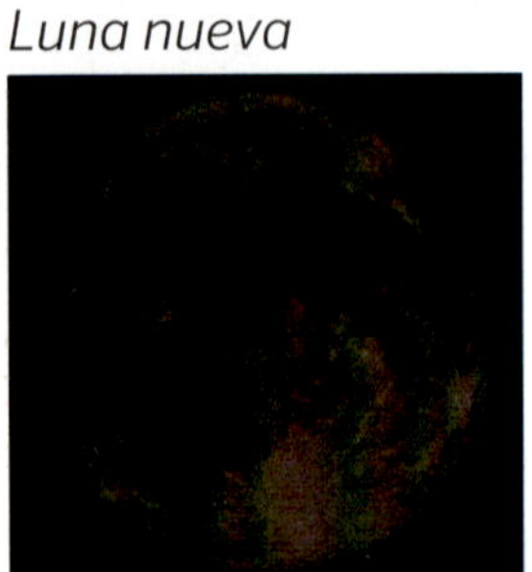

Cuarto creciente

El 20 de julio de 1969 Neil Armstrong se convirtió en la **primera persona en pisar la Luna**. Tras él, doce astronautas de las misiones *Apolo* de la NASA pisaron la superficie lunar.

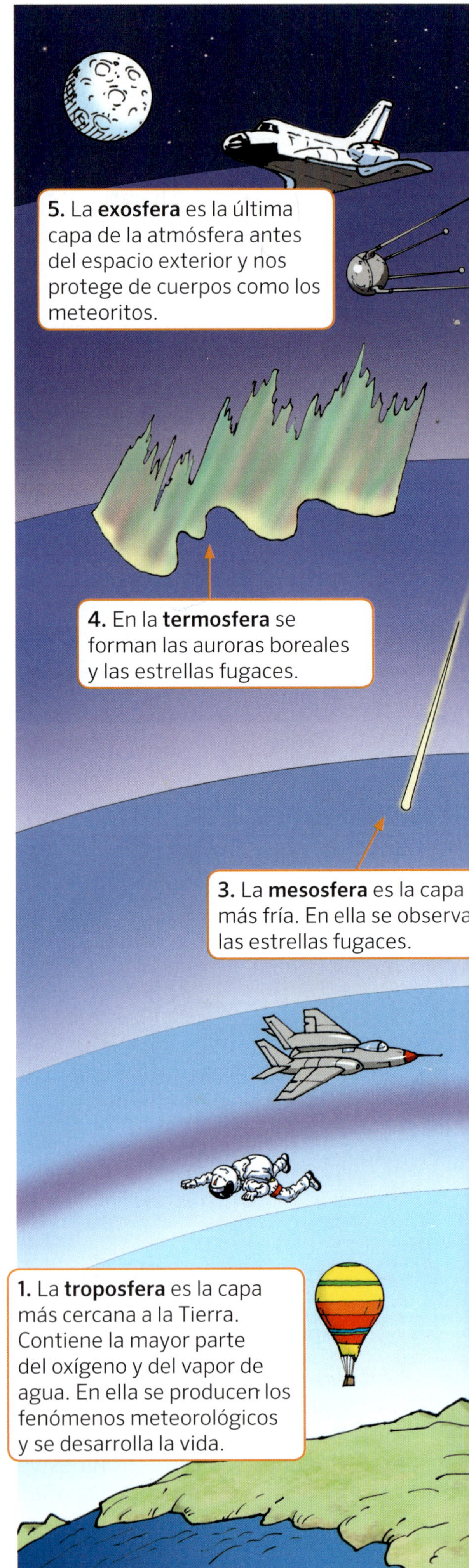

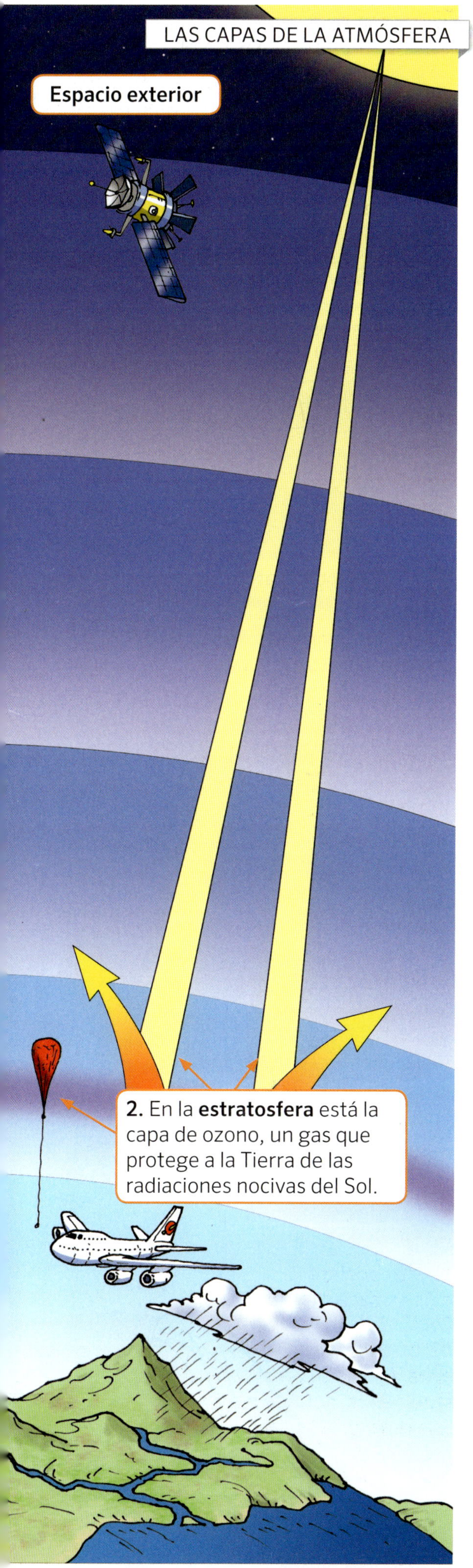

¿Qué es la atmósfera?

La **primera persona en salir al espacio** exterior fue Yuri Gagarin, un astronauta ruso. Fue en 1961, ocho años antes de la llegada a la Luna. Para lograrlo, su nave orbitó la **atmósfera terrestre**.

La **atmósfera** es la capa de **aire** que envuelve la Tierra desde su superficie hasta unos 1.000 kilómetros de altitud. El aire de la atmósfera se compone de varios **gases** necesarios para la vida. El más abundante es el nitrógeno, y tras él, el oxígeno. Además, contiene vapor de agua, que provoca las precipitaciones sobre el planeta, y ozono, que protege de la radiación del Sol.

La **protección** que nos proporciona la atmósfera es única en el sistema solar. Gracias a que filtra la radiación del Sol y distribuye el calor del Sol, es posible la **vida** en la Tierra.

¿Qué partes tiene la atmósfera?

Los gases de la atmósfera se distribuyen en **cinco capas**, todas ellas imprescindibles para que la Tierra sea habitable.

Los **seres vivos** nos desarrollamos en la **troposfera**, que es la capa más cercana a la corteza terrestre y retiene la **mayor cantidad de oxígeno y vapor de agua**. Las siguientes capas son la estratosfera, la mesosfera, la termosfera y la exosfera. Cuanto más alejada de la Tierra está la capa, menos oxígeno contiene.

- La **Luna** es el único satélite natural de la Tierra. Sus movimientos de rotación y de traslación duran 28 días.
- La **atmósfera** es la **capa gaseosa** que envuelve la Tierra. Los gases más abundantes en ella son el nitrógeno y el oxígeno.
- La atmósfera está formada por **cinco capas**: troposfera, estratosfera, mesosfera, termosfera y exosfera.

Actividades

16. ¿Qué movimientos realiza la Luna?

17. Define qué es la atmósfera y señala de qué está compuesta.

Usa todos tus recursos

18. sm**Savia**digital.com
PRACTICA Observa la animación. ¿De qué nos protege la **capa de ozono**? ¿En qué capa de la atmósfera se encuentra? ¿Qué consecuencias podrían tener los daños en la capa de ozono?

Párate a pensar

¿Has comprendido cuál es el lugar de la Tierra dentro del universo? ¡Compruébalo con ayuda de los mayores avances científicos que existen para estudiar el espacio!

Desde la Tierra

El **telescopio terrestre** moderno fue construido por el astrónomo **Galileo Galilei** en 1609. Desde entonces, se han fabricado telescopios cada vez más **potentes**.

smSaviadigital.com
COMPRENDE Descubre para qué sirven los **observatorios astronómicos**.

19 Con su telescopio, Galileo observó el sistema solar y comprobó el movimiento de traslación de la Tierra. Completa la ficha de sus observaciones en tu cuaderno e ilústrala.

- Los principales astros del sistema solar son: el Sol, que es una ●●●; los planetas que giran alrededor del ●●● y los ●●●, que giran alrededor de los planetas.
- La traslación es ●●●.

20 El movimiento de rotación de la Tierra se comprobó en la Edad Contemporánea. ¿Qué relación tiene la rotación de la Tierra con la noche?

21 ¿Qué representan estos dibujos? Dibuja en tu cuaderno el ciclo completo y explícalo.

22 Desde un observatorio astronómico se pueden estudiar pequeños astros del sistema solar. Lee la ficha y complétala en tu cuaderno. ¿Qué astro se ha observado en este caso?

Son pequeños fragmentos de ●●● que entran a gran velocidad en la ●●● y se incendian. Se observan en la capa más fría de la atmósfera, llamada ●●●.

Más allá de la atmósfera

Para conocer el universo con detalle, los astrónomos recurren a los **observatorios y telescopios espaciales**.

Entre las galaxias hay gases y polvo cósmico que forman estructuras como esta nebulosa Águila. En las nebulosas nacen estrellas.

23 El **Hubble** es un potente telescopio espacial. Ordena los elementos que puede observar del más cercano al más alejado.

Venus | Sol | Próxima Centauri
Neptuno | Luna | Centro de la Vía Láctea

24 El primer observatorio espacial se lanzó al espacio un año antes del acontecimiento que aparece en la fotografía. En tan solo un año los avances fueron enormes.

a) Completa tu propia ficha sobre este hecho:

La fotografía representa la llegada del ser humano a la •••, el ••• de la Tierra. Sucedió en el año 1969 y lo lograron astronautas de la misión •••.

Para llegar a su destino, el astronauta de la fotografía atravesó las capas de la ••• terrestre.

b) Haz un dibujo de las capas de la atmósfera que cruzaron. Incluye los fenómenos que pudieron observar estos astronautas.

Practica los movimientos de la Tierra

La Tierra es curva y esto hace que los rayos solares no se repartan por toda su superficie de la misma manera. Simula ser el Sol y, en una habitación a oscuras, ilumina con una linterna un globo terráqueo.

25 Fíjate en la iluminación de la linterna y responde a las cuestiones.

a) Cuando la luz llega más concentrada, forma un círculo. Cuando los rayos se concentran menos, forman una elipse. ¿En qué estación del año suceden uno y otro fenómeno?

b) ¿Qué estación se da en el sur de América cuando en España es verano?

c) Debido al sentido en que la Tierra gira, el Sol sale por el este. Imita la rotación terrestre. ¿En qué dirección gira el planeta?

5 La hidrosfera y la geosfera

Desde el espacio, nuestro planeta se ve de color azul con manchas marrones y verdes. ¿A qué corresponde cada color?

El planeta del agua

El agua cubre el 75% de la superficie de nuestro planeta, y por eso la Tierra se percibe de color azul.

El agua del planeta se encuentra en los **mares y océanos**, así como en los territorios formados por los continentes. Son **aguas continentales** las de los ríos, pantanos y lagos, pero también las de los glaciares y las aguas subterráneas.

El agua de la Tierra constituye la parte del planeta llamada **hidrosfera**.

¿Dónde está el agua del planeta?

El agua de la hidrosfera se presenta en **tres estados**:

- En la **atmósfera** se halla agua en estado **gaseoso**, en forma del vapor de agua que forma parte de las nubes.
- La mayor parte del agua que cubre la **superficie del planeta** se encuentra en **estado líquido**. El 97% es salada y corresponde a mares y océanos. Solo un 3% del agua líquida del planeta es dulce, y corresponde a las aguas continentales de los ríos, lagos y cauces subterráneos.
- En las **zonas más frías** del planeta hallamos agua en **estado sólido**, en forma de hielo o de nieve.

¿Sabías que...?

En nuestro planeta hay mucha agua, pero su distribución es muy variada:

- El 97% del agua del planeta es salada.
- Del agua dulce, una gran parte es subterránea.
- El agua de la Tierra solo se halla en la parte más externa del planeta. Obsérvalo en tu *Atlas*.

LOS ESTADOS DEL AGUA

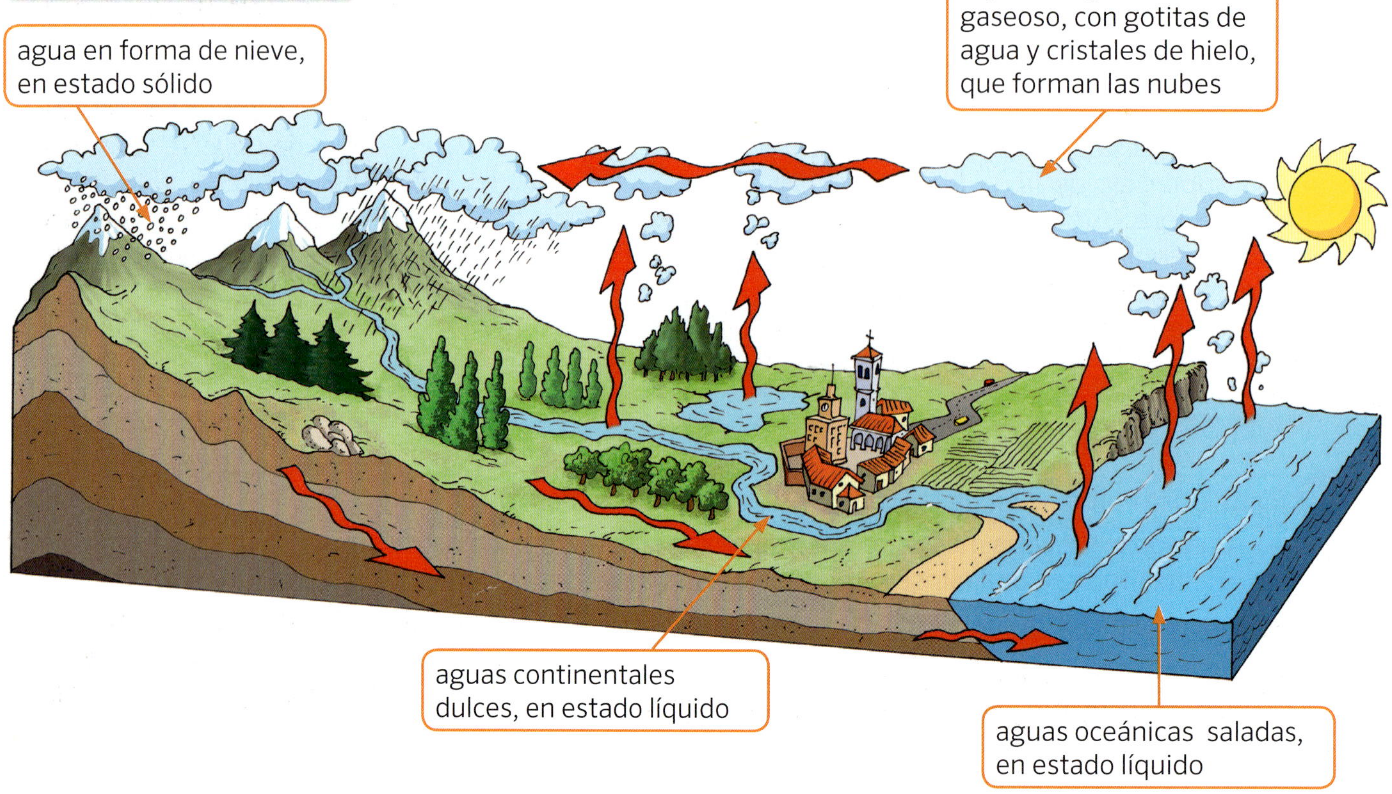

Un planeta hecho de rocas

La Tierra tiene una forma **casi esférica**, algo achatada por los polos. La mayor parte del planeta se compone de una gran masa de **rocas y minerales** llamada **geosfera**. Esta masa mide 6.370 kilómetros de radio desde el exterior de la Tierra al centro del planeta.

La mayor parte de las **rocas** de la geosfera se encuentran en **estado sólido**. Sin embargo, en el **interior**, a mucha profundidad, las temperaturas son tan altas que las **rocas pueden estar fundidas**.

Este mismo calor impide al ser humano acceder al interior del planeta, y solo puede estudiarlo por las consecuencias de los fenómenos naturales como terremotos o erupciones volcánicas. Así hemos conocido la **estructura interna** de la Tierra.

Los terremotos son bruscas sacudidas de la corteza terrestre. Las consecuencias que percibimos en el exterior, se originan en el interior de la Tierra.

LA ESTRUCTURA INTERNA DE LA TIERRA

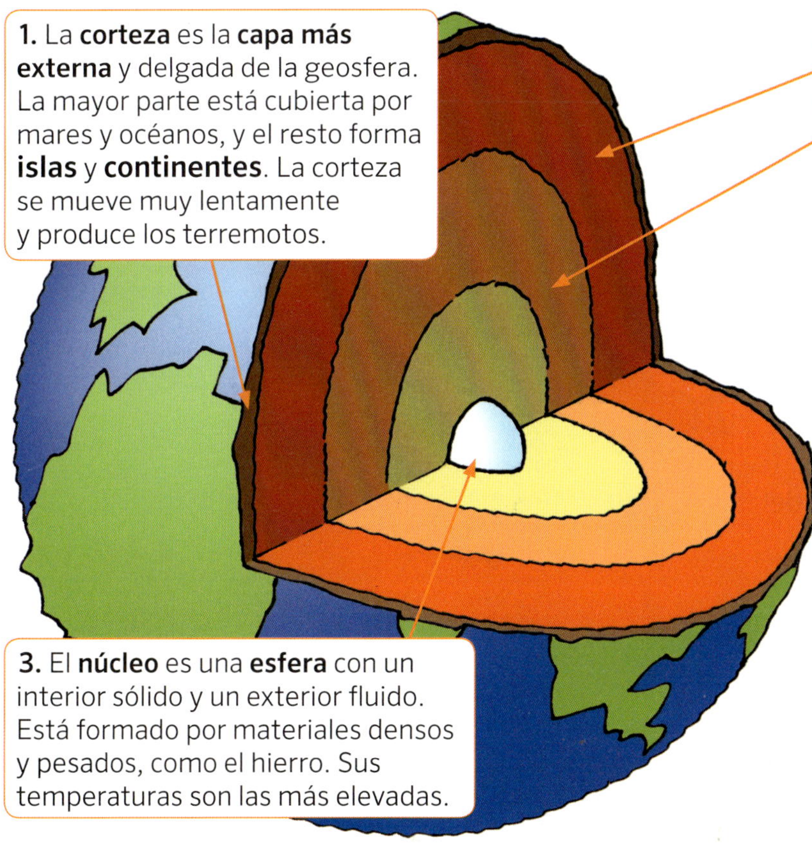

1. La **corteza** es la **capa más externa** y delgada de la geosfera. La mayor parte está cubierta por mares y océanos, y el resto forma **islas** y **continentes**. La corteza se mueve muy lentamente y produce los terremotos.

2. El **manto** es la **capa intermedia** y de mayor grosor. En algunas zonas, las rocas se funden y salen a la superficie en los volcanes.

3. El **núcleo** es una **esfera** con un interior sólido y un exterior fluido. Está formado por materiales densos y pesados, como el hierro. Sus temperaturas son las más elevadas.

- Toda el agua que existe en la Tierra forma la **hidrosfera**. El agua se presenta en tres estados: **gaseoso**, **líquido** o **sólido**.
- La **geosfera** es la parte de la Tierra compuesta por rocas y minerales. Se divide en tres capas: **corteza**, **manto** y **núcleo**.

Actividades

26 ¿Cómo se llama la gran masa de agua que hay en la Tierra?

27 ¿Qué aguas abundan más en la Tierra, las oceánicas o las continentales? ¿Y en tu localidad? Cita cinco actividades diarias que realizas con agua.

28 ¿En qué capa de la geosfera vives? ¿De qué está hecha?

Usa todos tus recursos

29 Observa un volcán en la *página 133*. ¿Cómo funciona? ¿Qué es el magma?

30 smSaviadigital.com COMPRENDE Observa el ciclo del agua y responde a las cuestiones.

6 La representación de la Tierra

Los cartógrafos elaboran los mapas y planos que usamos para orientarnos por la montaña, por las carreteras... Su oficio es muy antiguo. ¡Los primeros mapas de la costa mediterránea los trazaron los griegos hace 2.500 años!

EL GLOBO TERRÁQUEO

¿Cómo se representa la Tierra?

Existen varias formas de representar la Tierra o parte de ella:

- El **globo terráqueo** es una representación del planeta que respeta su **forma esférica**. La Tierra se representa **a escala**, es decir, de menor tamaño que el real, y con sus elementos muy **simplificados**.
- Un **mapa o plano** es una representación de la Tierra o parte de ella sobre una **superficie plana** que no respeta la forma esférica del planeta. Los mapas usan una **escala menor** a la realidad y están orientados a los **puntos cardinales: N, S, E y O**. Algunos cuentan con una **leyenda** que explican los datos con colores o símbolos.

  Entre los tipos de mapas que usarás durante este curso encontrarás los **físicos**, que representan el relieve; los **políticos**, que muestran los países, las comunidades autónomas o las provincias, y los **temáticos**, que incluyen datos variados como, por ejemplo, los económicos.

Taller de Geografía

La escala en un mapa

La **escala** es la **proporción** entre la medida real de un territorio y su representación en un mapa. Así, podemos **calcular la distancia real** entre dos lugares.

La **escala gráfica** relaciona la medida de un segmento dibujado en el mapa con la distancia real entre dos sitios.

La **escala numérica** relaciona una medida del mapa con una medida real.

ESCALA 1 / 4.000.000
0 40 80 km

Escala 1:4.000.000 significa que 1 cm en el plano equivale a 4.000.000 cm reales, es decir, 40 Km.

Trabaja con el mapa

31 Mide con tu regla el segmento de la escala gráfica y calcula la distancia entre Toledo y Cuenca.

32 Si usases una brújula estando en Albacete, ¿a qué provincia de Castilla-La Mancha señalaría?

33 Haz una leyenda para este mapa. Piensa qué datos serían útiles para entenderlo.

Las coordenadas geográficas

Para facilitar la orientación, la Tierra se divide con **líneas imaginarias** que se representan en los mapas y globos terráqueos.

- Los **meridianos** son las semicircunferencias que van de polo a polo de la Tierra, como el **meridiano 0 de Greenwich** que has usado para medir los husos horarios.

  Con los meridianos se mide la **longitud**, que es la distancia entre el meridiano 0 y un punto al **este** o al **oeste** del planeta.

- Los **paralelos** son circunferencias concéntricas paralelas al **ecuador**, la circunferencia imaginaria que divide la Tierra en hemisferio norte y hemisferio sur.

  Con los paralelos se mide la **latitud**, es decir, la distancia entre el ecuador y un punto del mapa hacia el **norte** o el **sur**.

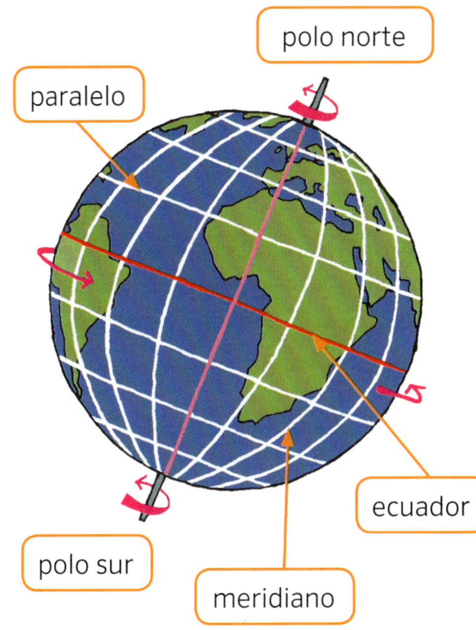

- El **globo terráqueo** representa la Tierra y respeta la forma esférica. El **mapa** representa la Tierra o parte de ella en un plano.
- La **escala** es la proporción entre el tamaño real de un territorio y su representación en el mapa.
- Los **paralelos** y los **meridianos** son líneas imaginarias que nos sirven para localizar con precisión un punto en la Tierra.

Actividades

34 Copia este planisferio en tu cuaderno.

a) Sitúa en el mapa el ecuador y el meridiano de Greenwich.

b) El punto A se sitúa a 20° de latitud sur y 50° de longitud Este. Halla la situación del punto B.

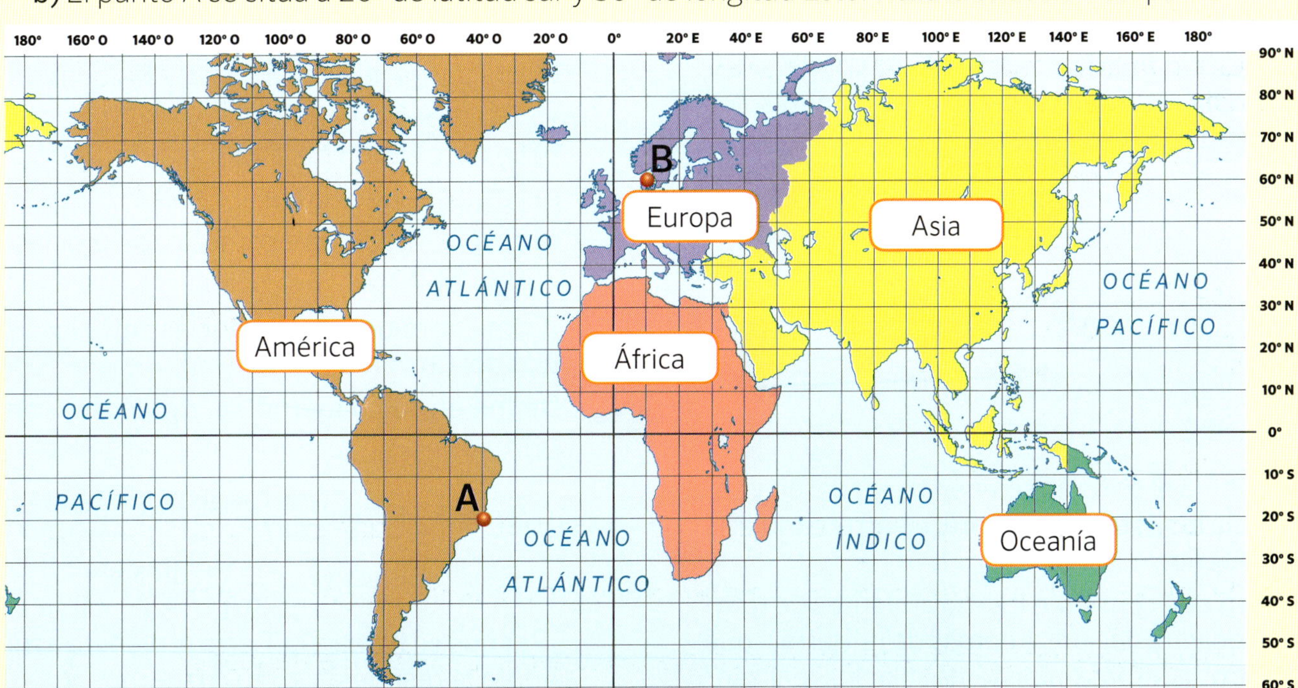

Organiza tus ideas

EL UNIVERSO

- **GALAXIAS** → Nuestra galaxia es la •••.
- **SISTEMAS PLANETARIOS** → La Tierra está en el **sistema** •••.
- **ESTRELLAS** → La estrella más cercana a la Tierra es •••.

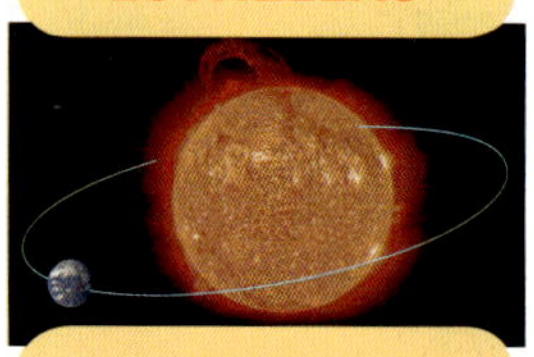

- **PLANETAS**
  - → Los **planetas interiores** son Mercurio, Venus, ••• y •••.
    - → La **Tierra** es nuestro planeta.
      - Está protegida por una **capa de gases** llamada •••.
      - Está cubierta por una capa de agua dulce y ••• llamada •••.
      - Es una esfera de mineral y roca llamada •••.
      - Realiza los movimientos de ••• y •••.
      - La representamos en ••• y globos terráqueos.
  - → Los **planetas** ••• son Júpiter, Saturno, Urano y •••.
- **SATÉLITES** → El satélite de la Tierra es la •••.
  - Sus cuatro fases son: •••
  - Realiza los movimientos de ••• y •••.
- **COMETAS, ASTEROIDES Y METEORITOS**

Trabaja con el esquema

35 Copia y completa el esquema en tu cuaderno.

36 Copia y completa la tabla de planetas con ayuda del esquema:

	Interior o exterior	Grande o pequeño	Superficie rocosa o gaseosa
Mercurio	•••	•••	•••
Júpiter	•••	•••	•••
Marte	•••	•••	•••
Urano	•••	•••	•••
Venus	•••	•••	•••

37 Dibuja el sistema solar en tu cuaderno y señala los astros que aparecen en el esquema anterior.

38 ¿En qué consisten los movimientos de rotación y traslación? Además de la Tierra, ¿qué otros cuerpos del sistema solar los realizan?

39 Completa el esquema con esta información:

a) Los gases de la atmósfera y los nombres de sus cinco capas.

b) La descripción de la forma de la Tierra.

c) Las fases de la Luna.

d) La diferencia entre cometas, asteroides y meteoritos.

40 ¿Cómo se miden las distancias entre los astros del universo?

41 Define en tu cuaderno los siguientes conceptos:

corteza · manto · mapa · satélite · atmósfera · hidrosfera

42 ¿Por qué se llama a la Tierra el planeta azul? Anota la respuesta en tu cuaderno.

Repasa la unidad

43 Pon nombre a cada una de estas imágenes y ordénalas de menor a mayor tamaño.

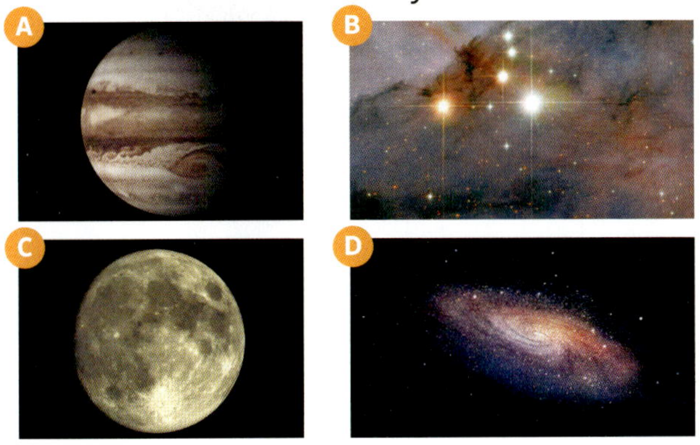

44 ¿Dónde se encuentran la mayoría de los asteroides en el sistema solar?

45 Explica la diferencia entre una estrella fugaz y un meteorito.

46 Une las columnas en tu cuaderno y explica la relación entre ellas:

Rotación •	• Estaciones
Traslación •	• Día y noche

47 ¿Por qué la luz del Sol no incide sobre la Tierra de la misma forma en invierno y en verano?

48 ¿A qué planeta del sistema solar le llega más energía del Sol? ¿Y a cuál menos? ¿Por qué?

49 Corrige en tu cuaderno estas oraciones.

a) Los planetas emiten luz propia.

b) En la atmósfera hay agua en estado líquido.

c) El Sol es la única estrella con planetas.

d) Las brújulas siempre apuntan hacia el sur.

50 Explica qué dos tipos de escala se representan y en qué se diferencian.

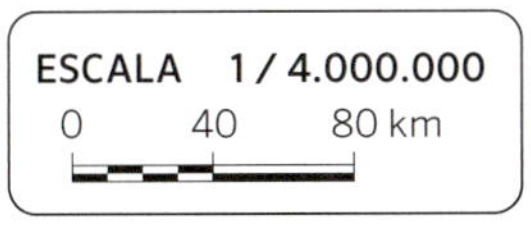

51 Busca en tu *Atlas* el mapa político de Europa y contesta las preguntas.

a) ¿Qué información ofrece la leyenda?

b) ¿Qué tipo de escala utiliza? Calcula la distancia entre París y Moscú.

52 Copia el siguiente dibujo en tu cuaderno y responde a las preguntas.

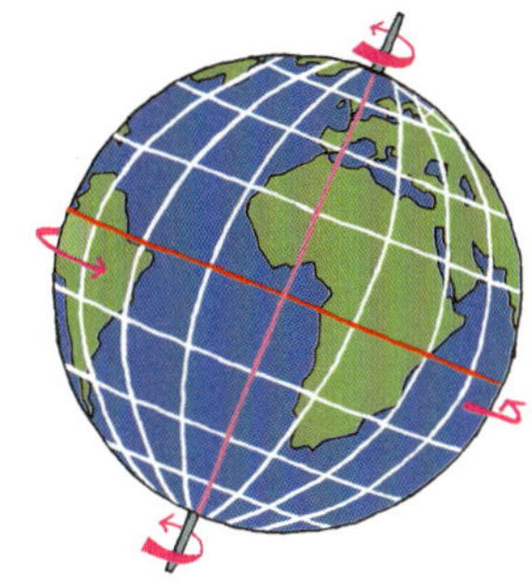

a) ¿A qué se denomina ecuador?

b) ¿Qué son los hemisferios? ¿Cuántos hay?

c) ¿Qué es el eje de rotación?

53 Alrededor de la Tierra giran satélites artificiales que ayudan a las comunicaciones, la navegación y la meteorología.

Presta atención al pronóstico del tiempo en la televisión y completa esta información.

> El satélite que da la información sobre las condiciones meteorológicas se llama •••. Es un satélite artificial que gira alrededor de la •••.

54 Cuando el astronauta Neil Armstrong pisó la Luna por primera vez, su huella quedó marcada en la superficie lunar y allí permanece. ¿Cuál crees que es la razón?

a) Pisó muy fuerte.

b) La Luna no tiene atmósfera.

c) Sí que se ha borrado, la fotografía es de 1969.

55 Observa el viaje del *Apolo 11* a la Luna en la *página 133*. ¿Qué cambios sufrió la nave?

smSaviadigital.com
VALORA LO APRENDIDO Comprueba lo que sabes en la **autoevaluación**.

Ponte a prueba

La salud en los vuelos espaciales

Lee el texto y responde:

Lola comenta en su clase que, de mayor, quiere trabajar de astronauta para ser la primera persona en llegar a Marte. Su profesora le responde que viajar al espacio es complicado

–Pero si ya va a haber viajes turísticos al espacio, ¿no? ¿Cuál es el problema?

–El despegue es el primer problema, ya que se produce un cambio de velocidad muy brusco y los astronautas pueden llegar a desmayarse. Además, como en el espacio no hay aire, la nave debe llevar la suficiente cantidad de aire con oxígeno. Este se va gastando... y ¡Marte está muy lejos! Además, en la Tierra la atmósfera nos protege del Sol. Pero en el espacio, incluso dentro de la nave, los astronautas no tienen esa protección.

–¡Pero flotar en la nave es estupendo!

–No creas, la falta de gravedad te ocasionaría problemas de salud, tus huesos perderían calcio y se volverían más frágiles. Además, al estar flotando no haces actividad física, y los músculos se debilitan si no se ejercitan. Y también tendrías problemas circulatorios.

–Pues nos llevamos leche condensada y una bicicleta estática para hacer ejercicio.

– Lola, aunque te parezca extraño, tendrías muchos problemas de sueño producidos por estar flotando y por dejar de percibir el día y la noche. Por eso a Marte, por ahora, solo se envían naves no tripuladas.

Juan, otro alumno, levanta la mano y pregunta: "Si es tan peligroso y tan caro, ¿para qué ir al espacio?".

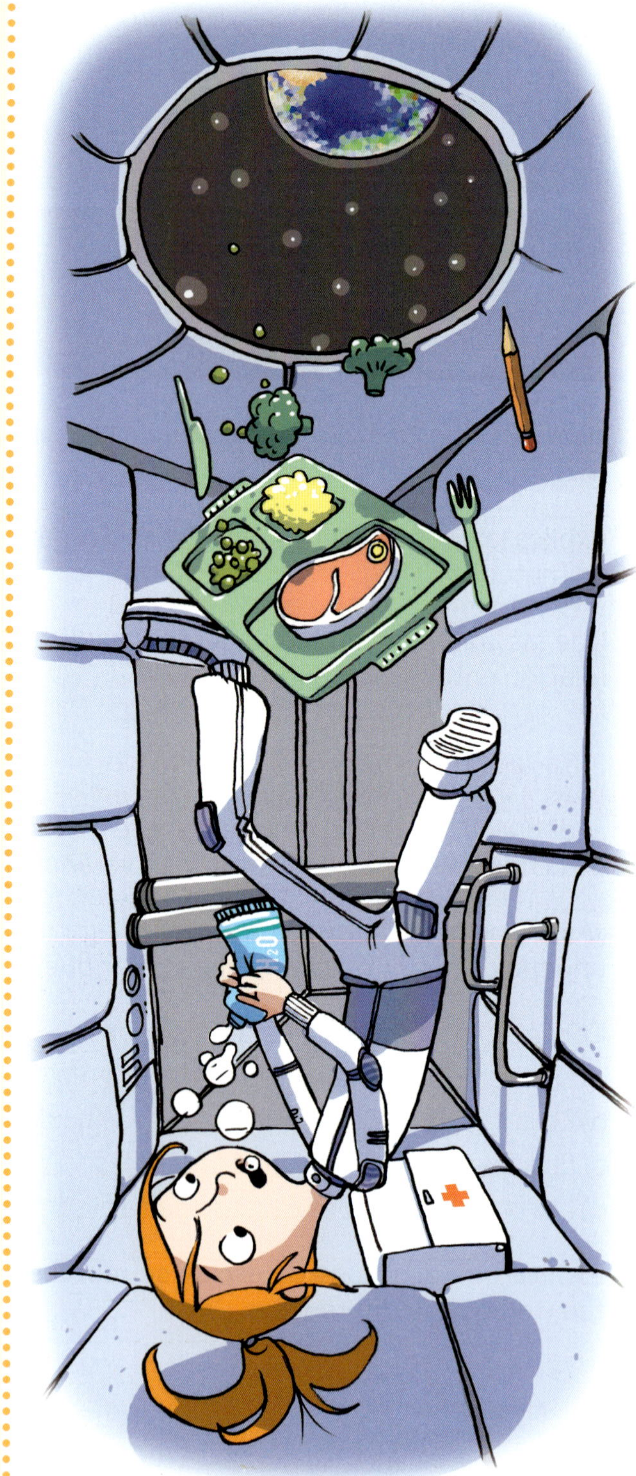

1. ¿Qué problemas se producen en los vuelos espaciales? Diferencia entre los problemas técnicos y los problemas físicos que padecen los astronautas.
2. Indica en tu cuaderno qué llevarías en una nave para evitar que tus músculos se debiliten.
3. ¿Qué ventajas de los viajes al espacio podrías exponer a la profesora de Lola y Juan?

¿En qué estación estamos?

Álvaro vive en Gijón y va a visitar a su amigo Mike a Wellington (Nueva Zelanda).

Al buscar Nueva Zelanda en un globo terráqueo ha visto que está en el hemisferio sur, en las antípodas de España, es decir, justo al otro lado del planeta.

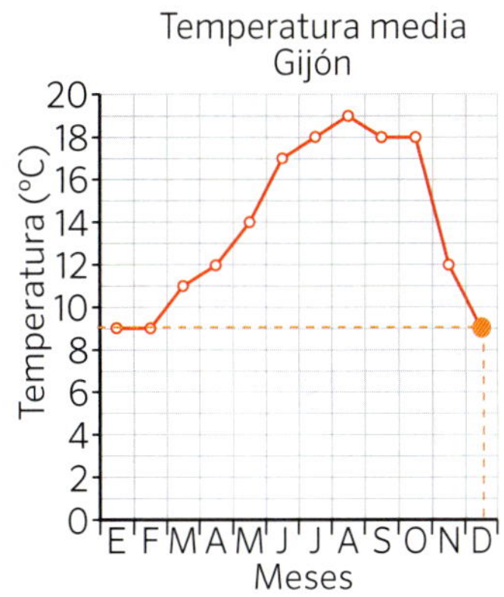

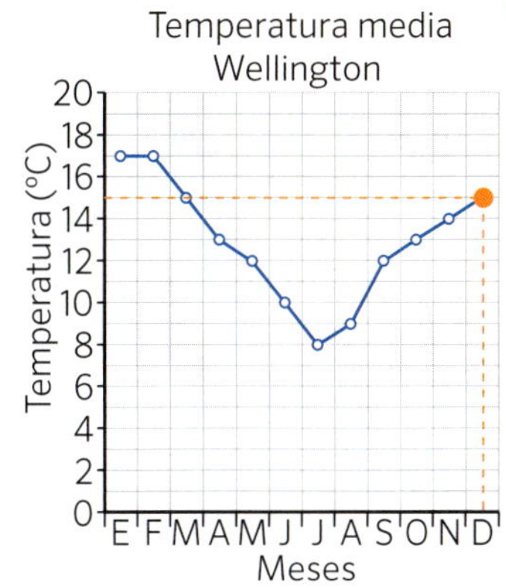

1. Álvaro quiere llamar a Mike a las 12 del mediodía en Gijón. ¿Crees que Mike estará durmiendo? ¿Por qué?
2. Fíjate en las gráficas. Álvaro quiere ir a Wellington en diciembre. ¿Tendrá que llevarse el abrigo o el traje de baño? ¿Por qué?

Tarea final ¡Construimos el sistema solar!

Vamos a representar el sistema solar.

PASO 1 En grupos, representad en el patio los astros del sistema solar. Elegid una medida como los centímetros para representar las distancias.

Astro	Distancia al Sol en metros	Objeto para representarlo
Sol	0	Balón de baloncesto
Mercurio	6	Cabeza de alfiler
Venus	11	Grano de arroz
Tierra	15	Grano de arroz azul
Marte	23	Cabeza de alfiler
Júpiter	78	Canica de 2,5 centímetros
Saturno	143	Canica de 2 centímetros
Urano	287	Garbanzo
Neptuno	450	Garbanzo azul

¿Qué dificultades encontráis? ¿Os ha cabido en el patio?

PASO 2 Ahora que conocéis las distancias en el sistema solar, representad con bolas de plastilina los planetas que lo forman. Tened en cuenta su tamaño aproximado y sus colores. ¡Recordad que para colgarlos en clase no podréis representar las distancias entre los planetas!

smSaviadigital.com

VALORA LO APRENDIDO ¿Cómo has trabajado en esta **tarea**?

unidad

2

El clima

¡Qué importante es... cuidar la Tierra!

Gracias a los científicos sabemos cómo cuidar de nuestro planeta. ¿Sabes lo que puedes hacer tu para protegerlo?

Tarea final

Investiga y conoce una ONG que proteja el medioambiente. ¡Preséntala a tus compañeros!

¡Hace un buen día en el Polo Norte!

Este año se ha adelantado el invierno. Las ventiscas heladas del Polo Norte han congelado con gran rapidez la superficie del mar, y sobre su azul intenso ahora se tiende un manto tan blanco que hiere los ojos cuando reverbera la luz del sol. En pocos días, la capa de nieve se ha hecho gruesa y ya puede soportar el peso de un trineo tirado por ocho perros. [...] Yak y su abuelo irán de pesca mar adentro, sobre la nieve, en el pequeño trineo.

CARLOS VILLANES: *Las ballenas cautivas*, Ediciones SM.

Hablamos

1. ¿En qué lugar del mundo se desarrolla el relato? ¿Sabrías localizarlo en un mapa?
2. ¿Crees que hace buen tiempo para los protagonistas? ¿Y para ti? ¿Por qué?
3. ¿En qué estación del año crees que sucede la narración? ¿Qué datos has utilizado para saberlo?
4. Observa la ilustración.
   a) ¿Qué actividades realiza la familia de Yak? ¿Qué medios de transporte usan? ¿Cómo se adaptan al clima?
   b) ¿Cómo se llaman las construcciones que aparecen detrás de la familia? ¿Para qué sirven?

1 El tiempo atmosférico

Seguro que has visto alguna vez en la televisión el programa del pronóstico del tiempo. ¿Qué explican en él? ¿Te suenan expresiones como "temperaturas máximas y mínimas" o "nubosidad"? ¿Qué símbolos reconoces en este mapa?

¿Qué es el tiempo atmosférico?

Los **meteorólogos** son las personas que explican el tiempo que va a hacer en los próximos días. Los elementos que describen se refieren al **tiempo atmosférico**.

El tiempo atmosférico es el **estado de la troposfera en un lugar y en un momento determinados**. Este estado depende de fenómenos como la lluvia, la temperatura o el viento.

El tiempo atmosférico es **muy variable**, y puede cambiar incluso a lo largo de un mismo día.

La Alhambra de Granada un día caluroso y despejado.

La Alhambra de Granada un día nublado y fresco.

Al analizar el estado de la troposfera, podemos predecir el tiempo atmosférico en una determinada zona. Para ello, medimos los siguientes **elementos**:

El viento

El aire caliente pesa menos que el frío, y asciende. Estos movimientos del aire provocan el **viento**.

La presión atmosférica

Es el peso del aire sobre la tierra. Cuando la presión atmosférica baja, son más probables las **nubes** y las **precipitaciones**.

La temperatura

Mide el calor o el frío del aire. Cuando hace **calor**, la temperatura es alta. Cuando hace **frío**, es baja.

Las precipitaciones

Es el agua que cae de la atmósfera sobre un lugar de la superficie terrestre durante el **ciclo del agua**.

INSTRUMENTOS PARA MEDIR LOS ELEMENTOS DEL TIEMPO ATMOSFÉRICO

1. La **veleta** muestra la dirección del viento (**N**, **S**, **E**, **O**).

2. El **anemómetro** mide la velocidad del viento en **km/h**.

3. El **barómetro** mide la presión atmosférica en **milibares** o hectopascales.

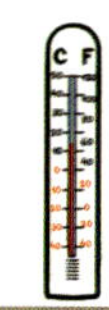

4. El **termómetro** indica cuál es la temperatura en **grados**.

5. El **pluviómetro** mide la cantidad de agua que cae en **mililitros**.

▶ El **tiempo atmosférico** es el estado de la atmósfera en un lugar y en un momento determinados.

Actividades

1. Define el tiempo atmosférico.

2. ¿Es posible que, en un mismo día, el cielo esté despejado por la mañana y que llueva por la tarde? ¿Por qué?

3. ¿Qué es una estación meteorológica? Fíjate en la que aparece en la *página 134* y contesta las preguntas en tu cuaderno.

4. Enumera en tu cuaderno los instrumentos que miden el tiempo atmosférico. Dibuja el que te resultaría más útil para analizar el tiempo que hace hoy en tu localidad.

Usa todos tus recursos

5. sm**Savia**digital.com. JUEGA Y APRENDE ¿Dónde hay más **presión atmosférica**, en la montaña o en la costa? Justifica tu respuesta.

6. Estudia las temperaturas máximas y las mínimas en tu localidad.
   a) Mide la temperatura en un lugar exterior durante una semana y anota los datos.
   b) ¿En qué momento del día son más bajas las temperaturas?

2 El clima

Imagina que vas a una playa de la costa mediterránea en el mes de agosto. Esperas que brille el sol y haga calor, pero al llegar, estalla una tormenta.

La tormenta forma parte del tiempo atmosférico que hace ese día en concreto; el sol y el calor que esperabas en ese lugar y en esa época del año son las características de su clima.

¿Qué es el clima?

El clima es el conjunto de **características meteorológicas de una zona durante un largo período de tiempo**.

Para estudiarlo se miden los elementos del tiempo atmosférico **durante treinta años o más**. Así se conocen la temperatura y la cantidad de lluvia habituales en un lugar del mundo a lo largo del año.

¿De qué depende el clima?

El clima depende de varios **factores** que son comunes a varias zonas del mundo, como la **latitud** o la **proximidad del mar**, y de otros factores característicos de una zona concreta, como la **altitud**.

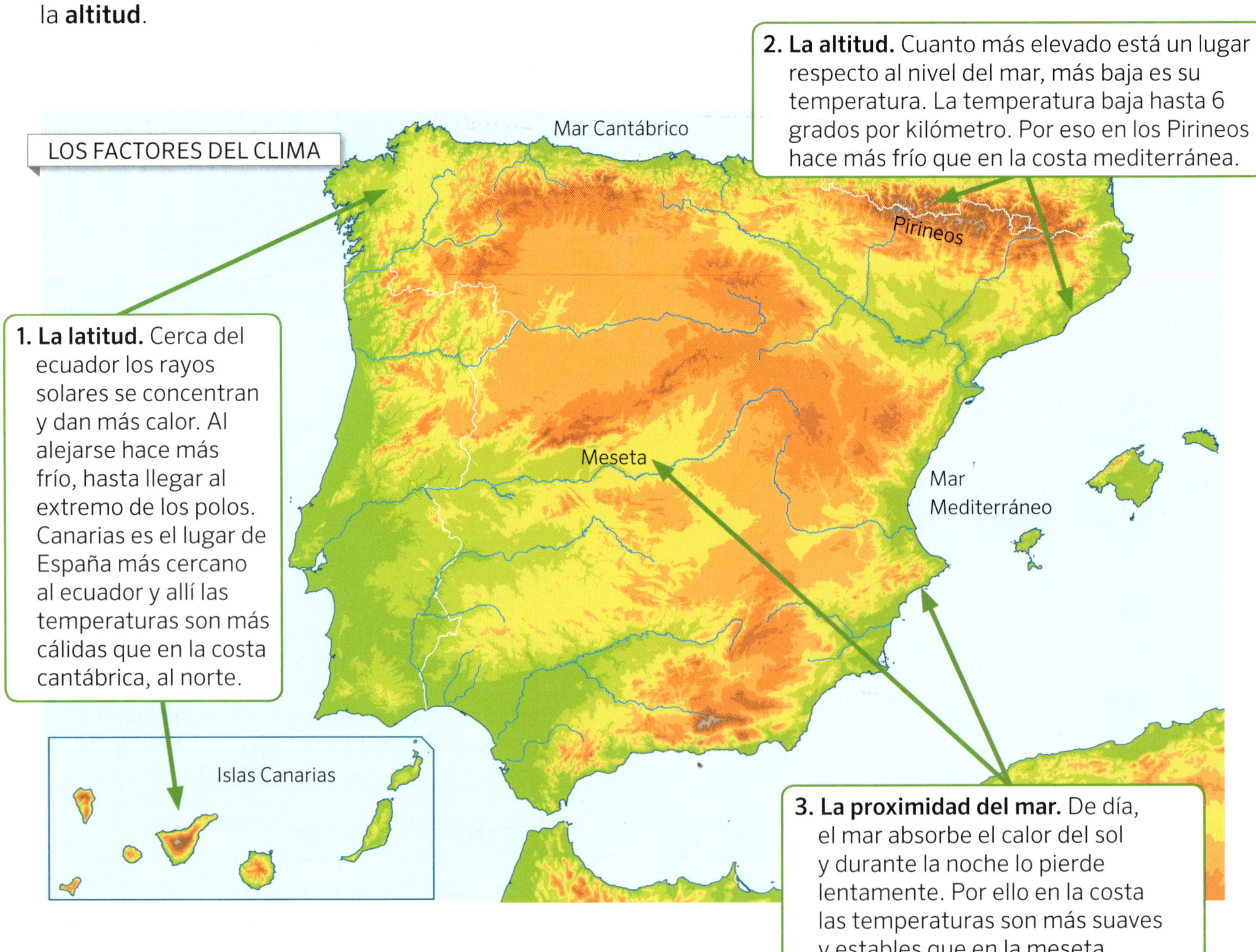

Taller de Geografía

¡Estudiamos el clima!

Un climograma es un gráfico que representa las temperaturas y las precipitaciones de una zona a lo largo de un año. Para construir un climograma seguimos tres pasos:

PASO 1 Recopilamos, mes a mes, los datos de temperaturas y precipitaciones medias.

E	F	M	A	M	J	J	A	S	O	N	D
12	13	14	16	21	24	25	25	24	20	15	13
120	88	41	42	52	18	12	31	109	112	101	113

PASO 2 Trazamos tres ejes:

a) Dividimos el eje horizontal en los doce **meses del año**, y anotamos la letra inicial de cada mes.

b) En el eje vertical derecho se anotan las **precipitaciones** que han caído, en milímetros.

c) En el eje izquierdo se anotan las **temperaturas**, en este caso, señaladas de 10 en 10 grados.

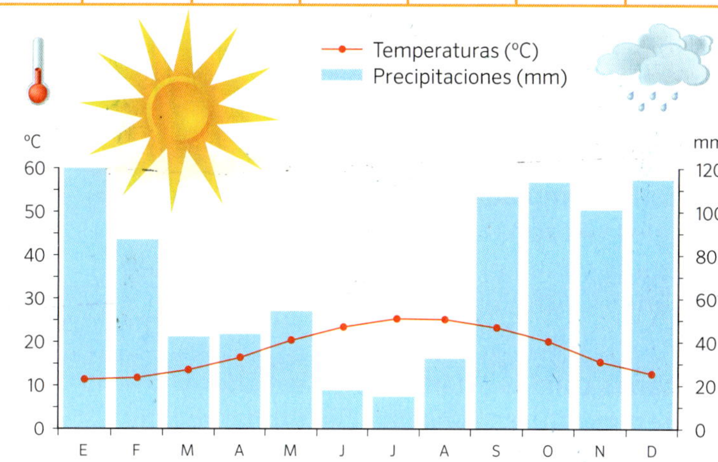

7 Elabora un climograma con los datos de la siguiente tabla. En rojo aparecen las temperaturas en grados, y en azul, las precipitaciones recogidas en milímetros.

E	F	M	A	M	J	J	A	S	O	N	D
6	7	9	13	15	21	27	27	22	16	9	6
26	21	99	53	28	6	5	1	22	43	14	52

- El **clima** es el conjunto de **características meteorológicas** que tiene una zona durante períodos largos de tiempo.
- Los **factores** que condicionan el clima de un lugar son la **altitud**, la **distancia al mar** y la **latitud**.

Actividades

8 ¿Qué diferencia hay entre el clima y el tiempo atmosférico? ¿Qué tienen en común?

9 ¿Qué factores son los que afectan al clima de una zona del mundo?

10 ¿Para qué sirve un climograma? ¿Qué datos se recogen en él?

Usa todos tus recursos

11 Investiga a qué altitud está el municipio más elevado de España. ¿Qué temperatura hará allí si en la costa hay 24 °C?

12 sm**Savia**digital.com

COMPRENDE Si en la playa están a 29°C y en la cima de una montaña a 9°C, **¿cuánto mide la montaña?**

3 Las zonas climáticas del planeta

¿Crees que vives en una zona cálida o fría? ¿Influye el mar en el clima de tu localidad? Conoce los climas del mundo y averigua en cuál de ellos resides.

¿Qué es una zona climática?

Las **zonas climáticas** de la Tierra son aquellos territorios que tienen un clima parecido, con temperaturas y precipitaciones similares cada año.

En el mundo hay tres zonas climáticas principales:

- Las **zonas frías** están cercanas a los polos o en las altas montañas. Las temperaturas son muy bajas todo el año y las precipitaciones son escasas y en forma de nieve.
- Las **zonas templadas** son dos, y se sitúan entre los polos y la zona cálida del planeta. Sus temperaturas varían entre 0 y 20 °C, con grandes diferencias entre el verano y el invierno.
- Las **zonas cálidas** están cerca del ecuador y tienen temperaturas elevadas. Sin embargo, hay grandes variaciones en las precipitaciones: allí se hallan junglas húmedas, sabanas con épocas muy secas y otras muy lluviosas, y desiertos sin apenas lluvias.

¡LAS PLANTAS SE ADAPTAN!

Dentro de las zonas climáticas existentes en nuestro planeta hay variaciones importantes. La jungla y el desierto, por ejemplo, son zonas cálidas, pero reciben cantidades muy diferentes de lluvia. Estas variaciones **determinan cómo es la vegetación** de un lugar.

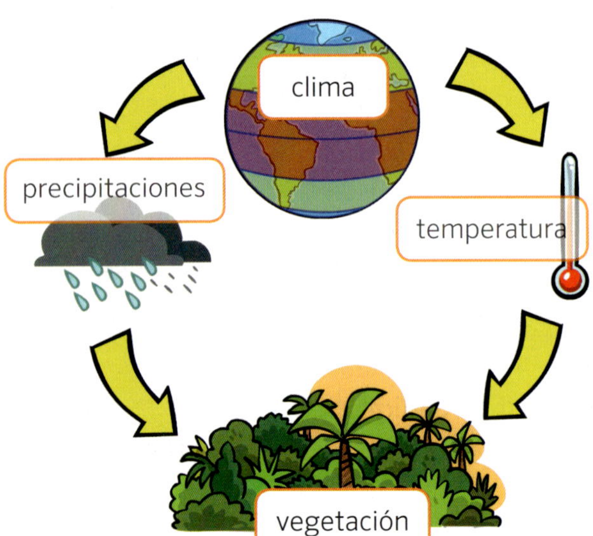

- En los bosques fríos los **abetos** crecen juntos para protegerse del viento. Sus hojas de aguja y la forma de cono evitan que la nieve se acumule en las ramas. Las raíces son superficiales, para no hundirse en el hielo.

- Los **olivos** mediterráneos se protegen de la sequía gracias a su corteza gruesa y a la capa protectora de sus hojas, que almacenan la humedad.

- Los **cactus** del desierto tienen raíces largas para buscar agua en el suelo y crecen separados para no competir por ella. ¡Aguantan hasta cinco años sin lluvia!

LAS ZONAS CLIMÁTICAS

- En el planeta hay **tres grandes zonas climáticas**: frías, cálidas y templadas.
- Cada **zona climática** tiene temperaturas y precipitaciones similares.

Las altas montañas y los polos tienen **climas fríos**.

Alta montaña

Bosque boreal o taiga

En Europa predominan los **climas templados**.

Bosque atlántico

Paisaje mediterráneo

En las **zonas cálidas** hay desiertos, junglas y sabanas.

Desierto

Jungla

Actividades

13 ¿Cuántas zonas climáticas existen en la Tierra? ¿Dónde se localizan?

14 Completa la tabla de la zonas climáticas que hay en el mundo. Añade ejemplos de vegetación de la zona que conozcas.

Zona climática	●●●	●●●	●●●
Temperaturas	●●●	●●●	●●●
Precipitaciones	●●●	●●●	●●●
Vegetación	●●●	●●●	●●●

Usa todos tus recursos

15 ¿Por qué puede haber áreas de clima frío en zonas templadas de la Tierra? Señala un ejemplo de área climática fría que se halle en España.

16 ¿Cómo se adaptan los animales al clima? Investiga sobre un animal del desierto y uno de la zona polar y presenta en clase tus conclusiones. ¡No olvides aportar fotos o vídeos!

4 Los climas de España

Aquí tienes unas fotografías de dos lugares de España en el mes de marzo. ¿Qué diferencias observas?

Clima subtropical

Clima de montaña

Estos son dos de los paisajes más alejados entre sí que existen en España: las islas Canarias y los Pirineos. ¿Qué factores climáticos han podido marcar las diferencias entre ellos, la **latitud**, la **proximidad al mar** o la **altitud**?

¿Qué climas hay en España?

En España existe una amplia variedad climática. La península Ibérica, por ejemplo, se sitúa en la **zona templada** de la Tierra, pero acoge variedades del clima templado, como el clima **oceánico**, el **mediterráneo interior** y el **mediterráneo litoral**.

Además, las Canarias están próximas a la **zona cálida** del planeta, y tienen un clima **subtropical**, y las áreas de **alta montaña**, por encima de los 1.200 m de altitud, tienen un **clima frío**.

¿Sabías que...?

La mayoría de la población del mundo vive en las zonas templadas, pues el ser humano se adapta con mayor facilidad a sus climas.

LOS CLIMAS DE ESPAÑA			
Oceánico	Constantes, salvo en verano	Suaves durante todo el año	Bosques de castaños, robles, hayas; matorrales como brezos y helechos
Mediterráneo interior	Escasas, principalmente en primavera y otoño	Invierno muy frío y largo; veranos cortos y muy calurosos	Bosques de encinas y pinos; matorrales
Mediterráneo litoral	Escasas e irregulares, a veces torrenciales	Inviernos suaves y veranos cálidos	Bosques de encinas, alcornoques y pinos; matorral mediterráneo
De montaña	Nieve en invierno y lluvia en verano	Inviernos fríos y veranos frescos	Matorrales y pastos; abetos en los Pirineos
Subtropical	Escasas, más frecuentes en el norte	Cálidas y suaves durante todo el año	Pinos canarios, laurisilvas, palmeras, dragos

Clima oceánico

Clima mediterráneo interior

Clima mediterráneo litoral

- España presenta una gran **variedad climática**.
- En la zona templada se dan los climas **oceánico**, **mediterráneo interior** y **mediterráneo litoral**.
- En las Canarias se da el **clima cálido subtropical** y, en la **alta montaña** se da un clima frío.

Actividades

17 Copia la tabla de los climas de España y usa los mapas del clima y el relieve de tu *Atlas*.

a) ¿Cómo afecta el relieve al clima?

b) ¿Qué climas hay en tu comunidad?

18 Observa los climogramas:

a) Compara en una tabla las precipitaciones y las temperaturas de ambas gráficas.

b) ¿Cuál corresponde al clima mediterráneo interior?

a

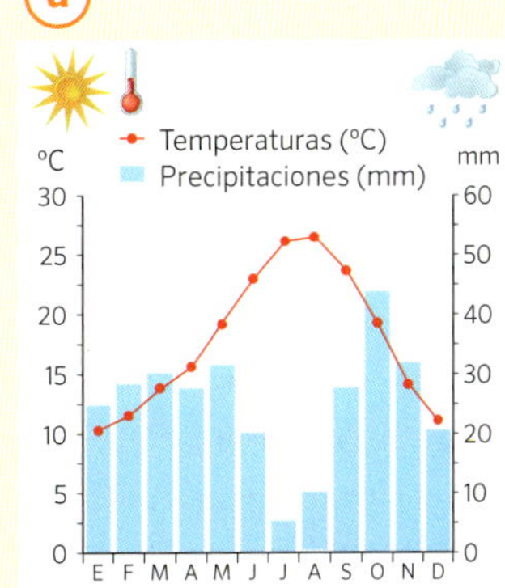

b

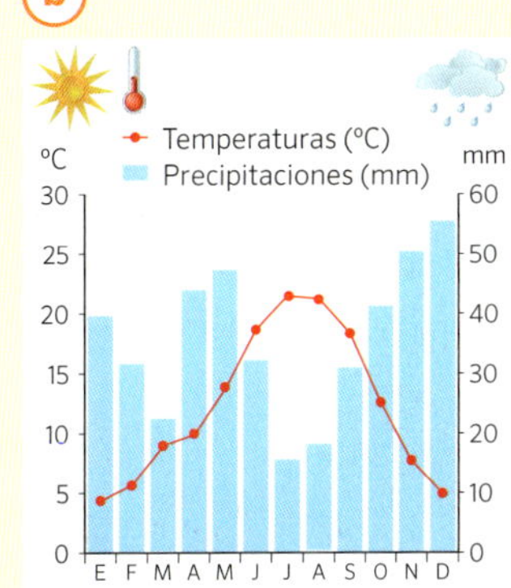

5 El calentamiento global

Nuestro planeta ha experimentado importantes **cambios climáticos**, como las **glaciaciones**, debidos a causas naturales.

Sin embargo, hoy en día se teme que, además de estos cambios naturales, algunas **actividades humanas** puedan acelerar un **calentamiento global** de la Tierra.

¿Qué es el efecto invernadero?

La atmósfera, la hidrosfera y la geosfera absorben la **energía del sol**. Parte de esa energía es devuelta al espacio, pero otra queda **retenida en la atmósfera** gracias al vapor de agua, el dióxido de carbono y el metano.

Este fenómeno natural, conocido como **efecto invernadero**, **acumula calor en la Tierra**. Sin él, las temperaturas descenderían 30 grados y apenas podríamos vivir en el planeta.

¿Qué es el calentamiento global?

Actividades humanas como la agricultura y la ganadería intensivas, la industria o el consumo excesivo de combustibles, emiten una gran cantidad de **gases** a la atmósfera, como el dióxido de carbono o el metano. El exceso de gases provoca que la atmósfera retenga demasiado calor y **las temperaturas suban**.

Este ascenso de temperaturas, más conocido como **calentamiento global**, puede provocar **un cambio climático** con graves efectos para los seres vivos que habitan la Tierra.

Estas dos de las **consecuencias más perjudiciales**:

EL CALENTAMIENTO GLOBAL

El efecto invernadero permite la vida.

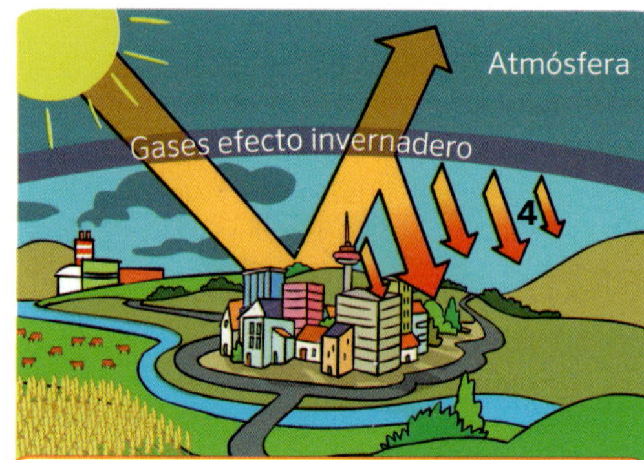

El calentamiento global es perjudicial.

1. Energía del sol
2. Energía solar devuelta al espacio
3. Energía solar retenida en la Tierra
4. Exceso de energía retenida en la Tierra

1. El calentamiento de los polos funde los hielos y provoca el aumento del **nivel del mar**. Este hecho puede inundar las zonas costeras del planeta.

2. El calentamiento provoca **sequías**, la **desertización** de regiones y el **cambio en los ecosistemas**. Algunos animales pueden extinguirse al no poder adaptarse.

¿QUÉ PROVOCA EL CAMBIO CLIMÁTICO?

Frenar el cambio climático debe ser una prioridad para todos: gobiernos, empresas y ciudadanos. Frente el consumo excesivo, la ganadería y la agricultura intensivas, o las emisiones perjudiciales, existen cada día más alternativas.

- Algunas actividades humanas pueden provocar un **cambio climático** caracterizado por el aumento de las temperaturas.
- Los **efectos** son muy graves en la naturaleza y las **soluciones** pasan por emitir menos gases y consumir con responsabilidad.

¿Sabías que...?

España es una de las zonas europeas con mayor riesgo de desertización. Conoce el problema en la *página 135*.

Actividades

19 Explica cuál es la diferencia entre el efecto invernadero y el calentamiento global.

20 Copia y completa la tabla con la información de la ilustración *¿Qué provoca el cambio climático?*

CAUSAS	EFECTOS	SOLUCIONES
●●●	●●●	●●●

21 smSaviadigital.com
PRACTICA ¡Stop, **cambio climático**!

Usa todos tus recursos

22 Nombra estas fuentes de energía. ¿Cuáles frenan y cuáles aceleran el cambio climático?

Organiza tus ideas

EL CLIMA

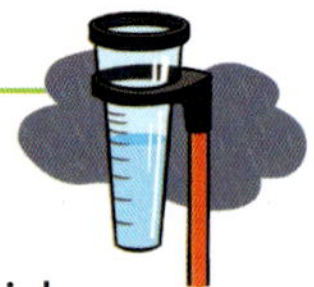

Para conocer el **estado de la atmósfera** se miden:
- •••
- presión atmosférica
- •••
- temperatura

El ••• **atmosférico** se mide en un ••• y un ••• determinados.

El ••• se mide durante al menos ••• años.

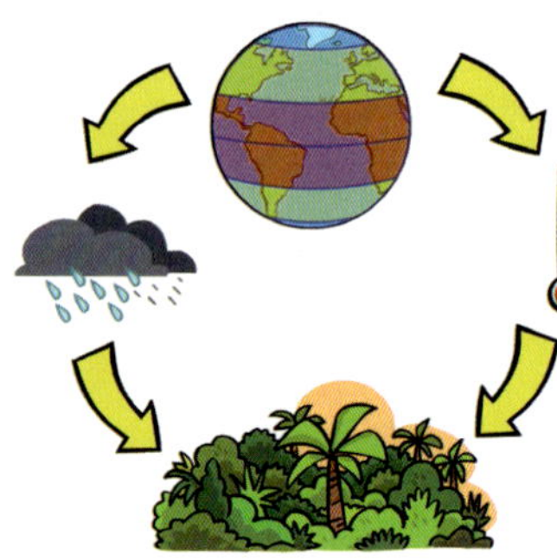

FACTORES
- altitud
- •••
- cercanía al •••

ZONAS CLIMÁTICAS
- cálida
- •••
- •••

ESPAÑA
- oceánico
- •••
- mediterráneo
- •••
- de montaña

CAMBIO CLIMÁTICO

aumento de la •••

Causas:
- •••
- combustibles fósiles
- deforestación

Efectos: •••
Soluciones: •••

Trabaja con el esquema

23 Copia y completa el esquema en tu cuaderno y coloca estas oraciones en el lugar adecuado.

a) Los instrumentos que miden el tiempo atmosférico.

b) Los efectos del cambio climático.

24 ¿Qué diferencia hay entre clima y tiempo atmosférico?

25 Observa esta imagen y contesta las preguntas en tu cuaderno.

a) ¿Qué instrumento ves en la fotografía?

b) ¿Qué temperatura indica? ¿Es alta o baja?

c) ¿Para qué sirve conocer la temperatura?

26 Utiliza el esquema para completar las siguientes afirmaciones.

- La presión ••• es el peso que ejerce el ••• de la atmósfera sobre un lugar concreto de la Tierra.
- Para evitar el cambio ••• podemos reducir la ••• de los gases contaminantes y consumir de forma •••.

27 Corrige los errores de estas oraciones en tu cuaderno.

a) El clima es el estado de la atmósfera en un lugar y momento determinados.

b) La proximidad al ecuador no influye en el clima.

c) En un climograma, las temperaturas se representan en forma de barra.

d) En las zonas costeras las temperaturas varían mucho entre el día y la noche.

Repasa la unidad

28 Señala para qué sirve el barómetro.

29 Completa la tabla con las características de las zonas climáticas del mundo.

	Temperatura	Precipitaciones
Fría	●●●	●●●
Cálida	●●●	●●●
Templada	●●●	●●●

30 ¿Qué tipo de clima representa cada fotografía? ¿Cómo es la vegetación?

31 Describe en tu cuaderno las principales características de los climas de España.

32 ¿Qué es la deforestación? ¿Qué consecuencias tiene sobre el medioambiente?

33 Lee este texto:

> En algunas zonas del Ártico, donde el clima es extremadamente frío, habitan tribus que construyen refugios temporales con bloques de hielo y nieve, llamados iglúes, para protegerse de las tormentas, las ventiscas y las bajas temperaturas.

a) Describe la forma de los tejados, muros, puertas y ventanas de las viviendas típicas de tu localidad.

b) ¿Cómo se adaptan al clima?

34 Explica cómo es el clima en tu localidad durante esta época del año. ¿Hace hoy el tiempo habitual de la estación en la que estamos?

35 Fíjate en los climogramas de Riad, en Arabia Saudí, y Rovaniemi, en Finlandia. A continuación, responde a las cuestiones.

RIAD

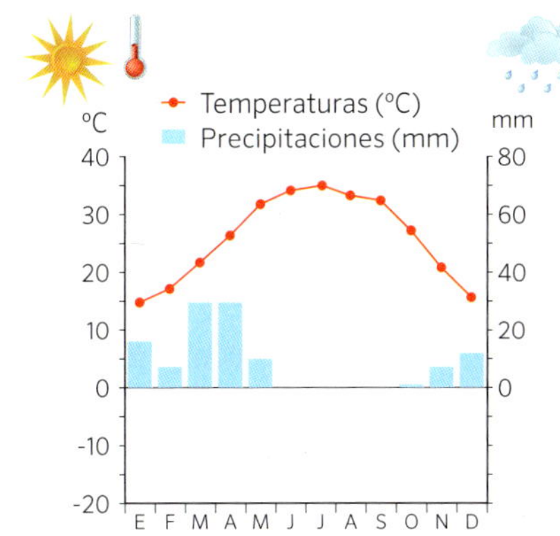

ROVANIEMI

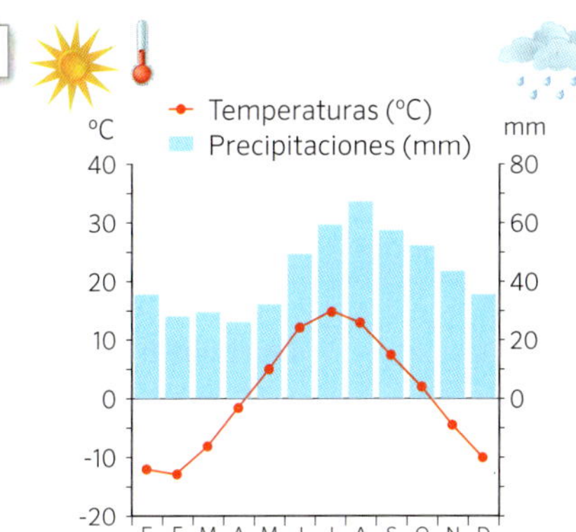

a) Copia la tabla e indica con una x a qué climograma corresponde cada dato.

	Arabia	Finlandia
País más cálido	●●●	●●●
País con temperaturas bajo cero	●●●	●●●
País con más precipitaciones	●●●	●●●

b) Observa el mapa y explica a qué zonas climáticas pertenecen Riad y Rovaniemi.

smSaviadigital.com
VALORA LO APRENDIDO Comprueba lo que sabes en la **autoevaluación**.

Ponte a prueba

Métodos populares para saber el tiempo

En el Imperio romano se interesaban por la meteorología. El poeta Virgilio dijo: "Si estás atento al curso regular de la luna, jamás te equivocarás sobre el tiempo que hará al día siguiente: si el cuarto día de luna se levanta pura y clara, los días que seguirán serán sin lluvia y sin viento".

1. Lee estas frases populares que ayudan a predecir el tiempo. Fíjate en las que puedas observar durante un par de semanas y anota tus predicciones. ¿Has acertado en alguna?

El comportamiento de los animales:
- Si los pájaros vuelan alto, es probable que haya buen tiempo.
- Las aves se tranquilizan antes de la lluvia.
- Las hormigas construyen sus colinas con laterales muy pronunciados justo antes de que llueva.
- Los gatos se limpian detrás de las orejas antes de que llueva.

El arcoíris:
- Si está en el oeste, la lluvia está en camino, pues la mayoría de las tormentas van de oeste a este.

La Luna:
- Si tiene un cerco alrededor, se interpreta como riesgo de lluvia.

Las nubes:
- Nubes altas y finas: frío y mal tiempo.
- Si hay niebla por la mañana, por la tarde estará despejado y el cielo raso.
- Nubes bajas y oscuras, la lluvia es inminente.

2. ¿Conoces otros métodos de predicción del tiempo? Pregunta a tus familiares sobre refranes o dichos populares que hablen del tiempo y anota tres en tu cuaderno.

El día más raro

En las noticias han hablado de los fenómenos atmosféricos más raros que se han registrado en España en los últimos meses.

a 

Costa mediterránea

b 

Interior peninsular

1. Observa las imágenes y señala qué tiempo hace en cada caso. ¿Por qué no corresponde al clima de la zona?
2. Observa el pronóstico del tiempo en la televisión esta noche. ¿Qué predicen para mañana? ¡Comprueba si aciertan!

El efecto invernadero

Vamos a entender con un ejemplo cómo funciona el efecto invernadero.

1. En un día soleado, sitúa una planta dentro del frasco y coloca uno de los termómetros en el interior, a la sombra de la planta.
2. Deja la otra planta en el exterior sin cubrir, y pon el otro termómetro en el lado que permanece a la sombra.

Materiales

- Dos plantas pequeñas
- Un frasco de cristal grande
- Dos termómetros
- Papel y lápiz

Formamos dos grupos; cada uno estudiará los datos de una planta.

1. Anotad la temperatura inicial. Observad los datos del termómetro durante 20 minutos y anotadlos en intervalos de 5 minutos.
2. Escribid los resultados en una gráfica. La temperatura se anota en el eje vertical, y los minutos, en el eje horizontal. Usad el color azul para los datos de la planta del exterior, y el rojo para los de la otra.
3. ¿Dónde sube más la temperatura? ¿Por qué?

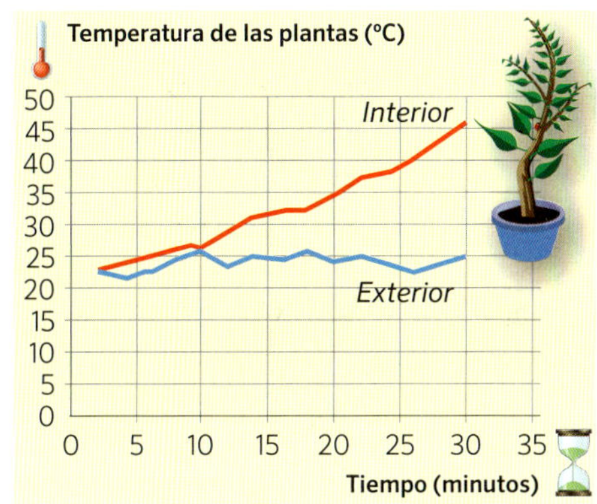

Tarea final ¡Conoce una ONG!

PASO 1 En grupos, investigad sobre una ONG que proteja el medioambiente.

PASO 2 Organizad la información en una presentación digital que incluya:

- El nombre y el logotipo de la organización
- Datos sobre su fundación y sus objetivos
- Imágenes
- Al menos, cinco preguntas para plantear a sus miembros.

PASO 3 Cada grupo expondrá su presentación en dos minutos ante el resto de la clase. Podéis hacer un mural con los datos obtenidos e informar a compañeros de

smSaviadigital.com

VALORA LO APRENDIDO ¿Cómo has trabajado en esta **tarea**?

TU REVISTA

¡Se puede freír un huevo en el suelo!

Muchas veces se usa esta expresión cuando hace demasiado calor. Lo que no pensamos al utilizarla es que la máxima temperatura registrada en la superficie de la Tierra fue de 58° C. Sucedió en México y... ¡a esa temperatura sí se podría freír un huevo en el suelo!

¿Qué temperatura hace hoy en tu ciudad? ¿Cómo se mide?

¡Qué sed!

Los animales y plantas que viven en el desierto aguantan muchos días sin agua. Los camellos son capaces de permanecer más de dos semanas sin beber, aunque al llegar a un oasis beben hasta 100 litros de agua en 10 minutos...

Aunque durante el día el calor en el desierto es insoportable, de noche hace mucho frío. El cielo despejado y la falta de plantas que retengan la humedad hacen que el calor se escape hacia la atmósfera.

¿Cuál es el clima en el desierto del Sahara?

Cataratas olímpicas

Las lluvias tan abundantes de la jungla americana hacen que, en las cataratas de Iguazú, caigan hasta 12 millones de litros por segundo. ¡Podrías llenar tres piscinas olímpicas en un segundo!

¿Qué es la lluvia? ¿Dónde se forma? ¿Qué ciclo sigue?

El planeta azul

Vista desde el espacio, la Tierra parece una enorme bola azul debido al agua que la cubre. Pero ¿sabías que hay mucha más roca que agua en el planeta?

¿Es la Tierra una esfera? ¿Existe otro planeta azul?

La otra guerra de las galaxias

Hace unas décadas, los Estados Unidos de América y la antigua Rusia mantenían una continua lucha por ser el país más poderoso del mundo… ¡incluso en el espacio!

Así, contrataron a los mejores investigadores, fabricaron los primeros cohetes y satélites e iniciaron la gran carrera espacial.

El primer viaje al espacio exterior lo hizo un astronauta ruso, Yuri Gagarin. Desde entonces, ambos países impresionaron al mundo con sus misiones espaciales.

¿En qué astros ha estado el ser humano?

¡Qué viento!

La Antártida es la zona de la Tierra donde el viento sopla más fuerte. Se han llegado a medir ráfagas de 320 kilómetros por hora.

¡Ni siquiera un veloz coche de Fórmula 1 podría alcanzarlo!

¿Con qué instrumentos se mide el viento?

La Edad de Hielo

Hace miles de años una tercera parte de la Tierra se cubrió de hielo. Este cambio climático fue la última glaciación.

¿Qué es un cambio climático? ¿Las glaciaciones tuvieron un origen natural o provocado por el ser humano?

Juntos se vive mejor

Los pingüinos viven en las zonas más frías de la Tierra. En los días heladores del invierno se juntan todos en grupos muy densos para darse calor. Además, los adultos colocan a las crías en el centro para protegerlas y ellos hacen turnos en los extremos para evitar congelarse. ¡Solos no sobrevivirían!

¿Dónde están las zonas más frías de la Tierra?

Comprueba lo que has aprendido

Test

¿Recuerdas todo lo que has aprendido durante este trimestre? Compruébalo en este test.

1. ¿Cuál es una capa de la atmósfera?
   A. La corteza terrestre.
   B. La hidrosfera.
   C. La troposfera.

2. ¿Para qué se utiliza el año luz?
   A. Para medir el movimiento de traslación de la Luna.
   B. Para medir las grandes distancias que existen en el universo.
   C. Para calcular los husos horarios.

3. En este globo terráqueo se pueden analizar:

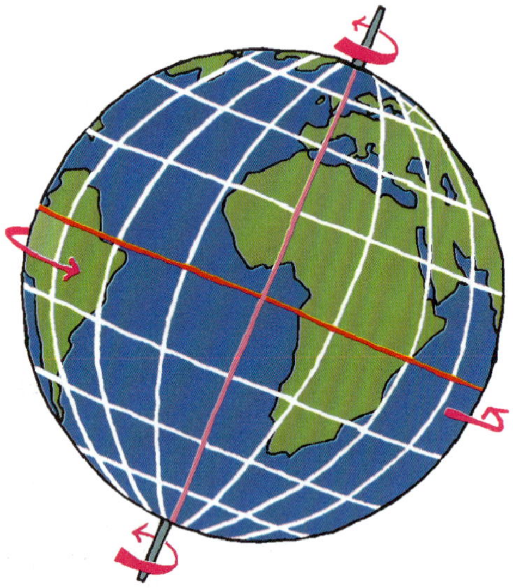

   A. Las capas interiores de la Tierra.
   B. La escala.
   C. Los paralelos y los meridianos.

4. ¿Cuál de estos no es un planeta exterior?
   A. Mercurio.
   B. Saturno.
   C. Júpiter.

5. ¿Cómo se llaman las rocas de gran tamaño que giran alrededor del Sol?
   A. Planetas.
   B. Asteroides.
   C. Satélites.

6. Indica cuál de las siguientes afirmaciones es verdadera.
   A. Dentro de la zona cálida del planeta se hallan los climas oceánico y mediterráneo.
   B. En las zonas de montaña hace más frío que en las zonas costeras.
   C. En el interior de la Península predomina el clima oceánico.

7. ¿Cuál de estos elementos ayuda a analizar el tiempo atmosférico?
   A. Altitud.
   B. Vegetación.
   C. Temperatura.

8. ¿En qué zona climática se daría este paisaje?

   A. Zona fría.
   B. Zona templada.
   C. Zona cálida.

9. El cambio climático es producido por:
   A. El aumento del nivel del mar.
   B. El descenso de las temperaturas.
   C. La deforestación y la emisión de gases a la atmósfera.

10. ¿Cómo son las temperaturas en Canarias?
   A. Cálidas y suaves todo el año.
   B. Inviernos cálidos y veranos frescos.
   C. Inviernos fríos y veranos calurosos.

smSaviadigital.com REPASA

¡Ha desaparecido el Sol!

Los eclipses son la ocultación parcial o total de un astro por otro. Se producen por el movimiento de traslación de la Tierra alrededor del Sol, y por el de la Luna alrededor de la Tierra. Durante el eclipse de Sol, la Luna se sitúa entre el Sol y la Tierra e impide que veamos al llamado astro rey.

a

b

1 Tras leer el texto y observar las ilustraciones, responde a las siguientes cuestiones.

a) ¿Qué sucede en la primera fotografía? ¿Y en la segunda?

b) Explica qué astros identificas en la fotografía.

c) ¿Qué es el movimiento de traslación? ¿Por qué puede influir en un eclipse?

2 En otras épocas se creía que el Sol giraba alrededor de la Tierra. Entonces, ¿qué explicación podían dar al eclipse solar? Escribe una redacción breve sobre ello.

Algunos efectos catastróficos del clima

Algunos fenómenos atmosféricos provocan graves daños en los paisajes, en los cultivos y en las viviendas. Conócelos.

Catástrofes atmosféricas

- El viento, sobre todo cuando se convierte en un **huracán**, puede llegar a destruir poblaciones enteras. Los vientos huracanados a veces superan los 200 kilómetros/hora y suelen darse en zonas tropicales.
- Las **lluvias torrenciales** causan **inundaciones** por el desbordamiento de ríos. Destrozan cultivos y casas.
- Las **sequías** acaban con la vegetación, y los animales migran a otros lugares con agua.

1 Relaciona estas fotografías con cada uno de los fenómenos atmosféricos de la lista de la derecha.

a

b

c

2 Responde a las cuestiones.

a) Los huracanes se desarrollan en el clima tropical de la zona cálida del planeta. Describe cómo son los climas cálidos. ¿Crees que el clima tropical tendrá muchas o pocas precipitaciones?

b) Relaciona las inundaciones y las sequías con el cambio climático. ¿Cómo afectan a las personas?

c) ¿Es posible prever con antelación este tipo de fenómenos climáticos? ¿Cómo?

Un viaje muy natural

PROYECTO TRIMESTRAL
Descubrimos la naturaleza

Los climas del mundo

¿Sabes por qué hace tanto frío en los polos? ¿Y por qué hace más calor en las islas Canarias que en la península Ibérica? ¿Recuerdas cuáles son las zonas climáticas?

1 Observa estos dos climogramas y realiza las actividades en tu cuaderno.

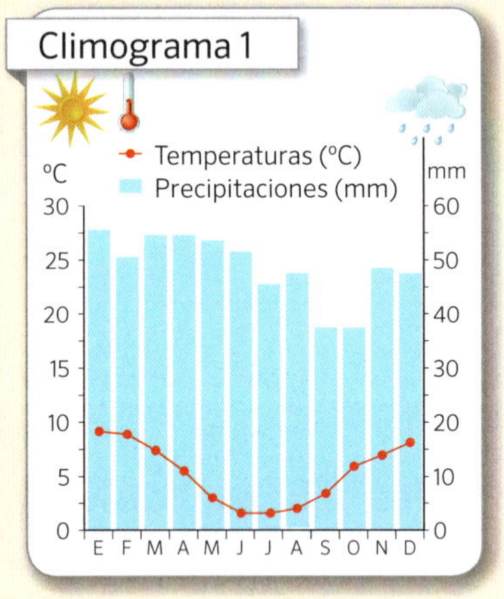

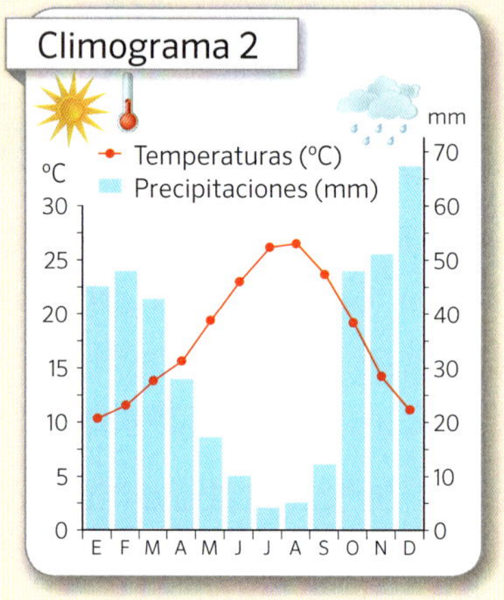

a) ¿En qué climograma se alcanzan temperaturas más altas en invierno?

b) ¿Cuál pertenece al hemisferio norte y cuál al sur? ¿Cómo lo has sabido?

c) ¿Cuál de estos dos lugares está situado más cerca del polo? ¿Por qué?

d) ¿En cuál de los dos sitios llueve más?

e) Observa el mapa de climas. ¿Qué climograma corresponde al punto A y cuál al punto B? ¿Con qué paisaje asocias cada fotografía?

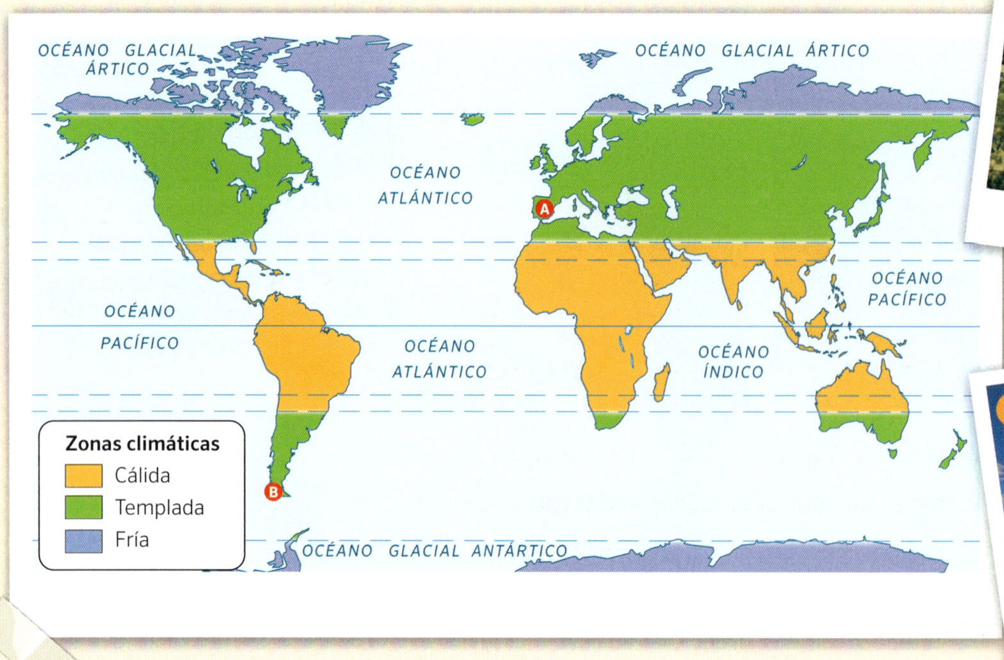

2 **Tus padres quieren organizar un viaje a algún espacio natural protegido. Dudan sobre el destino y, para decidirse, quieren conocer el clima y el paisaje de cada lugar. Ayúdales con las siguientes actividades.**

a) Realiza un climograma de algún espacio natural protegido. Busca información en internet y utiliza un modelo similar al siguiente.

TEMPERATURA (°C)	
Enero	●●●
Febrero	●●●
Marzo	●●●
Abril	●●●
Mayo	●●●
Junio	●●●
Julio	●●●
Agosto	●●●
Septiembre	●●●
Octubre	●●●
Noviembre	●●●
Diciembre	●●●

PRECIPITACIONES (mm)	
Enero	●●●
Febrero	●●●
Marzo	●●●
Abril	●●●
Mayo	●●●
Junio	●●●
Julio	●●●
Agosto	●●●
Septiembre	●●●
Octubre	●●●
Noviembre	●●●
Diciembre	●●●

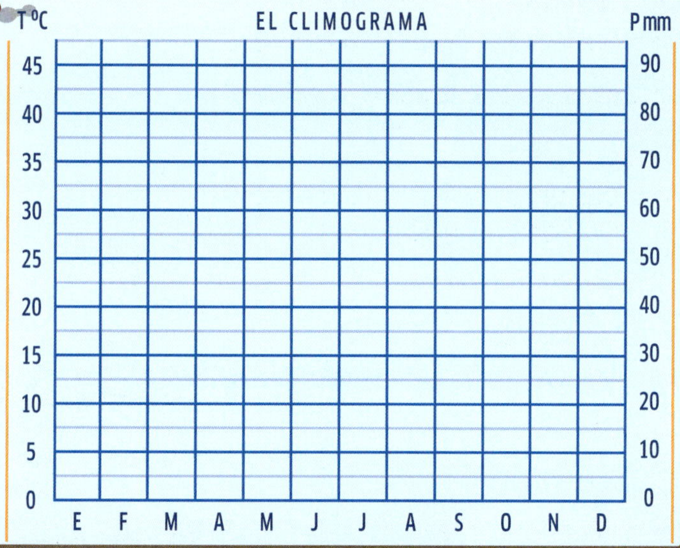

CONCLUSIONES

Temperatura máxima: ●●●

Temperatura mínima: ●●●

Temperatura media anual: ●●●

Precipitación anual: ●●●

Meses secos: ●●●

●●●

●●●

Meses húmedos: ●●●

●●●

●●●

b) ¿A qué tipo de clima pertenece este lugar? Puedes ayudarte del mapa de la página anterior.

c) ¿Qué meses son los más adecuados para viajar a esa zona?

d) ¿Qué indumentaria tendríais que llevar en cada estación del año?

e) ¿Qué otros factores del clima pueden influir en vuestro viaje?

3 **Compara los resultados obtenidos con los de tus compañeros.**

unidad

3

Somos ciudadanos

¡Qué importante es... tener derechos y deberes!

Para conseguir una convivencia pacífica en la comunidad es necesario conocer y valorar nuestros derechos y los derechos de los demás, y también cumplir con nuestros deberes como ciudadanos.

Tarea final

Organizad una votación en clase para entender cómo se elige a los representantes de los ciudadanos en una democracia y qué normas hay que respetar.

Los derechos son de todos

> Porque si todos los españoles acertamos a combinar el ejercicio de nuestros derechos con los derechos de los demás; si dejamos atrás nuestros egoísmos y personalismos, lograremos una España que se una en sus deseos de paz y de armonía.
>
> Discurso del rey Juan Carlos I ante las Cortes Generales en 1978, al aprobarse la Constitución. Texto adaptado.

Hablamos

1. ¿Qué propone el autor del discurso aquí transcrito? ¿Qué conseguimos si actuamos de ese modo?

2. ¿Quién es el actual rey de España? ¿En qué tipo de actos públicos le has visto? ¿Qué parentesco tiene con el monarca que pronunció este discurso?

3. Observa la imagen de la izquierda.
   a) ¿Qué hacen las personas que aparecen en primer plano? ¿Y las que aparecen detrás?
   b) Explica la importancia que, en tu opinión, tiene conservar las costumbres de tu localidad.
   c) ¿Quiénes crees que son las personas asomadas a los balcones del ayuntamiento? ¿Qué símbolos hay junto a ellas?

1 Vivimos en un Estado democrático

¿Cuál es tu juego favorito? ¿Qué normas tiene? Para jugar, solemos seguir unas reglas que hacen posible que disfrutemos del juego. También para trabajar en equipo debemos respetar unas normas básicas. De la misma manera, los habitantes de un país se organizan y siguen unas normas de convivencia.

¿Cómo se organiza España?

España es un **Estado democrático**, y los derechos de sus ciudadanos se recogen en un texto llamado **Constitución**.

La Constitución fue aprobada por los españoles el 6 de diciembre de 1978, de ahí que cada año celebremos en esa fecha una fiesta en todo el territorio. La Constitución es nuestra **ley fundamental** y explica cómo se organiza España y qué derechos tienen los españoles.

LA ORGANIZACIÓN POLÍTICA

España es un **Estado democrático y social**, es decir, los ciudadanos de nuestro país eligen a sus gobiernos, y estos, a su vez, deben prestar los **servicios públicos** necesarios para que sus ciudadanos puedan vivir en libertad, con igualdad y justicia.

1. España es un Estado social. Los ciudadanos tienen derechos y libertades.

2. España es un Estado democrático. Los ciudadanos eligen al Gobierno en las **elecciones generales**.

3. Los valores del Estado son la libertad, la justicia y la igualdad.

LA ORGANIZACIÓN TERRITORIAL

La Constitución establece que los **territorios** que forman España se organizan en **divisiones administrativas** que comparten con el Estado el **gobierno** de esos territorios.

LOS MUNICIPIOS

- Son la **unidad administrativa más pequeña**.
- Se ocupan de servicios básicos para los vecinos de una localidad, como la recogida de basuras.
- Su órgano de gobierno es el **ayuntamiento**. El alcalde y los concejales son elegidos en **elecciones municipales**.

LAS PROVINCIAS

- Surgen de la unión de varios **municipios vecinos**.
- Su órgano de gobierno es la **diputación provincial**, elegida por los ciudadanos.
- En España hay 50 provincias.

LAS COMUNIDADES AUTÓNOMAS

- Son **entidades territoriales** formadas por **una o varias provincias**.
- Cada comunidad tiene un gobierno, un parlamento y un tribunal de justicia propios. Sus representantes son elegidos en las **elecciones autonómicas**.
- Tienen símbolos propios, como una bandera.
- Existen 17 comunidades autónomas y dos ciudades autónomas que son Ceuta y Melilla.

- La Constitución española de 1978 es la **ley fundamental** de España.
- España es un **Estado social** y democrático.
- El territorio español se organiza en **municipios**, **provincias** y **comunidades autónomas**.

Trabaja con los mapas

1 Con ayuda del mapa y de tu *Atlas*, señala a qué provincia y a qué comunidad autónoma pertenece tu municipio.

Actividades

2 ¿Cuál es la ley fundamental del Estado español? ¿En qué valores se basa?

3 ¿Cuál es la unidad administrativa de menor tamaño que existe en España?

4 ¿Cómo se vota en España? Infórmate en la *página 136*.

a) Explica el proceso de votación.

b) ¿Qué constitución dio este derecho a todos los españoles y españolas?

Usa todos tus recursos

5 Observa el mapa. Ceuta y Melilla son las ciudades autónomas españolas situadas en el norte de África. ¿Qué comunidades autónomas se encuentran también fuera de la Península?

6 sm**Savia**digital.com
PRACTICA Observa la **organización territorial** de España.

2 ¿Quién tiene el poder del Estado?

Ya sabes que votar es una manera de elegir. Pero tú aún no puedes votar para elegir a un gobierno. ¿Sabes por qué?

¿Cuáles son los poderes del Estado?

Según nuestra Constitución, el **poder del Estado reside en el pueblo español**, es decir, son los ciudadanos y ciudadanas mayores de 18 años quienes eligen a su gobierno. Por eso los poderes del Estado deben **servir a sus ciudadanos**.

En un Estado democrático existen **tres poderes** separados con diferentes funciones.

PODER LEGISLATIVO

Su función es legislar: **elaborar y aprobar las leyes**.

El poder legislativo es elegido cada cuatro años por los ciudadanos en las elecciones.

Está representado por las **Cortes Generales**, formadas por:

- El **Congreso de los Diputados**.
- El **Senado**.

PODER EJECUTIVO

Su función es ejecutar las leyes, es decir, **hacer que se cumplan**.

Está dirigido por el presidente del Gobierno, elegido por las Cortes Generales.

El presidente trabaja con personas que él elige: los **ministros y ministras**. Estos son responsables de las políticas del país.

PODER JUDICIAL

Su función es **vigilar el cumplimiento de las leyes**, y juzgar y actuar cuando se incumplen.

El organismo que dirige el poder judicial es el **Consejo General del Poder Judicial**. Sus miembros son elegidos por las Cortes.

Además existen otros tribunales de justicia.

¿Quién es el rey?

España es una **monarquía parlamentaria**. Esto quiere decir que, además de los tres poderes, hay un **rey** que es el **jefe del Estado**. El monarca no gobierna, pero tiene estas funciones:

1. Cuidar de la unidad del Estado y respetar a sus ciudadanos.

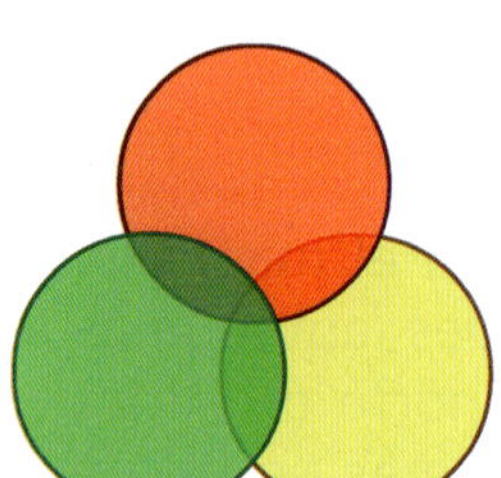

2. Mediar entre los tres poderes y defender la Constitución.

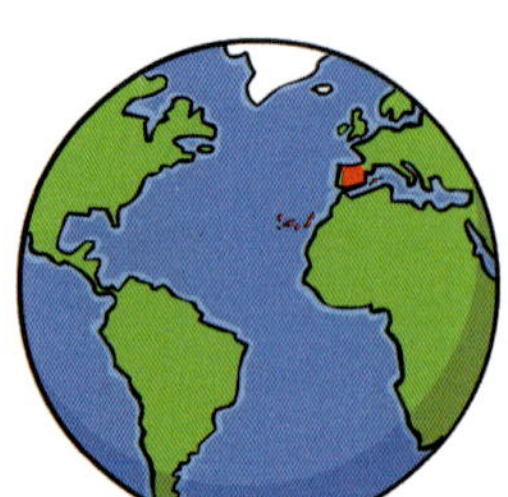

3. Representar a España en el extranjero como jefe del Estado.

¿Cuáles son los símbolos del Estado?

Los Estados tienen **símbolos históricos** que los identifican y diferencian de otros. Estos son los de España:

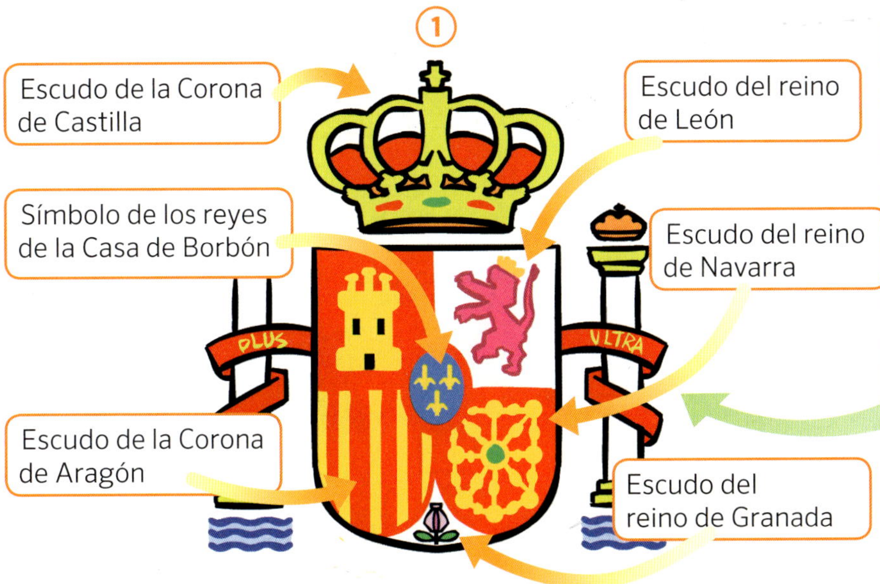

1. El **escudo** está formado por los cinco escudos de las coronas y reinos que se unieron y formaron España. La corona representa a la monarquía.
2. La **bandera** está formada por tres franjas horizontales: roja, amarilla y roja. La amarilla tiene el doble de ancho que las rojas y sostiene el escudo.
3. El **himno nacional**, también conocido como *Marcha Granadera* o *Marcha Real*, es una composición musical que carece de letra.

- En España hay tres **poderes** independientes: **legislativo, ejecutivo y judicial**.
- España es una **monarquía parlamentaria**.
- Los **símbolos del Estado** español son su escudo, la bandera y el himno.

Actividades

7. ¿En quién reside el poder en España, según la Constitución?

8. ¿Qué significa que nuestra forma de Estado es una monarquía parlamentaria?

9. Une cada poder con su función.

Poder ejecutivo •	• Juzga el cumplimiento de las leyes
Poder legislativo •	• Hace cumplir las leyes
Poder judicial •	• Elabora leyes

Usa todos tus recursos

10. Busca en tu localidad edificios públicos y anota su nombre y qué símbolos del Estado presentan en sus fachadas.

11. sm**Savia**digital.com
JUEGA Y APRENDE
Demuestra lo que sabes sobre los **poderes del Estado**.

Párate a pensar

La Constitución española indica cuál debe ser la organización y funcionamiento de las Cortes, cómo se organiza el territorio del Estado español, qué derechos tenemos... ¿Crees que eres ya capaz de explicarlo? ¡Compruébalo!

12 Observa el mapa. ¿Cuáles de estos datos aparecen reflejados? Pon ejemplos.

A. Las provincias y las comunidades autónomas

B. Los símbolos del Estado

C. Los símbolos de las comunidades autónomas

D. Las fronteras naturales de nuestro país

13 Haz en tu cuaderno un esquema como este para cada comunidad autónoma. Dibuja la bandera de cada una de ellas.

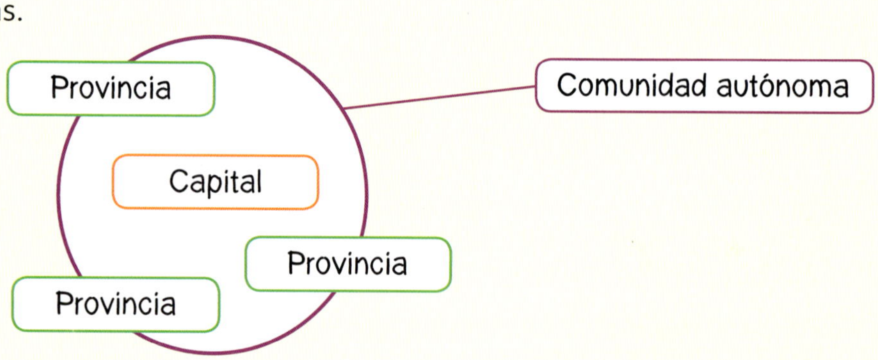

14 Dibuja en tu cuaderno el territorio de tu comunidad autónoma. Traza los límites entre las provincias que la integran y anota sus nombres.

15 Investiga si tu comunidad autónoma posee himno propio. Escribe en tu cuaderno la letra del himno, si la tiene, y dialoga con tus compañeros y tu profesor sobre su significado.

16 Un gentilicio es el adjetivo que indica dónde has nacido o dónde vives.

a) Con ayuda del mapa de la *página 51*, señala a qué provincias corresponden estos gentilicios:

alicantino · cordobés · zamorano · coruñés · vizcaíno

b) Existen gentilicios más difíciles, porque son históricos y provienen de palabras más antiguas. Usa internet o un diccionario para averiguar a qué provincias se refieren estos términos.

lucense · pacense · oscense · gerundense · onubense

17 Copia las columnas y señala en qué elecciones se elige a cada representante.

Elecciones municipales •	• Presidente o presidenta de España
Elecciones autonómicas •	• Alcalde o alcaldesa de Logroño
Elecciones generales •	• Presidente o presidenta de Extremadura

Una Constitución para todos

La Constitución también señala cómo debe ser el funcionamiento de la monarquía parlamentaria. Lee estos artículos de la Constitución y analízalos.

1\.
El Rey, al ser proclamado ante las Cortes Generales, prestará juramento de desempeñar fielmente sus funciones, guardar y hacer guardar la Constitución y las leyes, y respetar los derechos de los ciudadanos y de las Comunidades Autónomas.

2\.
El Príncipe heredero, al alcanzar la mayoría de edad, y el Regente o Regentes al hacerse cargo de sus funciones, prestarán el mismo juramento, así como el de fidelidad al Rey.

18 Copia el apartado 1 en tu cuaderno.

a) Subraya en él las palabras que has estudiado hasta ahora en la unidad y defínelas.

b) Según el artículo, ¿ante quién es proclamado un Rey hoy en día en España?

c) ¿Qué funciones jura desempeñar un monarca democrático en nuestro país?

19 Lee el apartado 2 e investiga. ¿Hasta cuándo fue príncipe heredero el actual rey de España? ¿Quién le sucederá en el trono? ¿En cuántos años jurará fidelidad al Rey?

3 ¿Quién vive en España?

En una ciudad puede resultar difícil andar por las calles llenas de gente, pero hay cines y restaurantes por todas partes. En una localidad pequeña se pueden dar paseos tranquilos en compañía de los amigos, pero no siempre hay un cine. ¿A qué caso se parece el lugar donde vives? ¿Cuál prefieres?

Una población urbana

España es uno de los países más poblados de Europa, con más de 47 millones de habitantes. La población en el país es, sobre todo, urbana, es decir, vive en ciudades, pero se reparte de forma desigual:

- La **densidad de población**. Indica cuántos habitantes viven en una determinada superficie. Si viven muchas personas en un kilómetro cuadrado (km^2), la densidad es alta; si son pocas, es baja.

  España tiene una densidad media de población de 92 habitantes por km^2, pero es mucho **más alta en las ciudades** y menor en las áreas rurales.

- El **tipo de población**. Las **áreas rurales** tienen una población muy **envejecida**, ya que los jóvenes emigran a las áreas urbanas, donde hay más empleo. Las **zonas urbanas** tienen una **población más joven**, porque además reciben una mayor cantidad de inmigrantes.

LA POBLACIÓN RURAL Y URBANA EN ESPAÑA

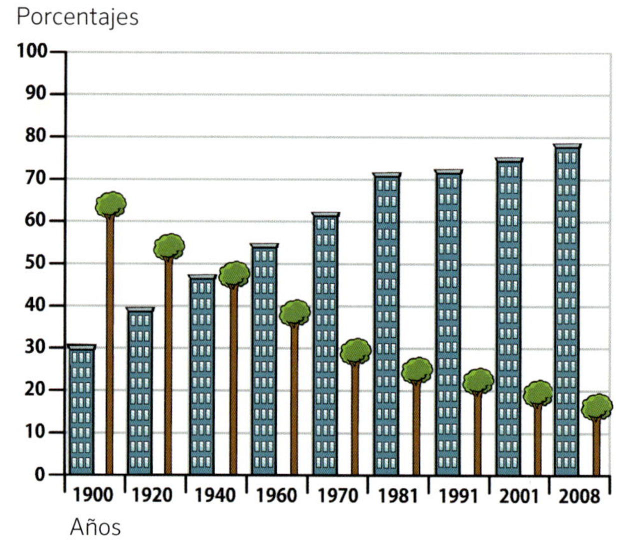

Hace 100 años la mayoría de la población española vivía en el campo. Ahora la mayor parte de la población reside en las áreas urbanas.

$$\text{Densidad de población} = \frac{\text{números de habitantes}}{km^2 \text{ de superficie}}$$

En las poblaciones rurales, las casas son más bajas y suelen estar más dispersas.

En las ciudades, las casas suelen ser altas y se concentran en pequeños espacios.

LA DENSIDAD DE POBLACIÓN EN ESPAÑA

- España tiene más de **47 millones** de habitantes. El 70% vive en **áreas urbanas**.
- Las **zonas más pobladas** de España se encuentran en la **costa**, mientras que el interior está muy despoblado. La excepción es la Comunidad de **Madrid**.

Trabaja con el mapa

20. ¿En qué zonas hay una menor densidad de población? ¿De qué comunidades se trata?

21. Analiza la población de tu comunidad autónoma en tu *Atlas* y anota los nombres de las ciudades con la densidad más alta.

Actividades

22. Explica qué es la densidad de población.

23. ¿Por qué crees que la gente joven ha emigrado de las zonas rurales a las urbanas? Razona tu respuesta.

24. Observa el gráfico de barras de la página anterior. ¿Cuál es el porcentaje de población rural y urbana en la España actual?

Usa todos tus recursos

25. Busca en tu *Atlas* el mapa de la densidad de población en Europa. ¿Cuáles son los países con mayor densidad de población?

26. sm**Savia**digital.com
PRACTICA ¿Cuánto sabes de la **distribución de la población**?

4 ¿Cómo es la sociedad española?

¿Cuántos compañeros de clase tienen más de dos hermanos? ¿Y cuántos alumnos tienen aún cuatro abuelos? ¿Dónde nacieron tus padres? Todos estos datos son importantes, y cada uno de ellos forma parte de la población de España.

Nuestra sociedad envejece

Los países con un elevado **desarrollo** político, económico y social, como España, proporcionan servicios que cuidan de la salud de sus habitantes, como los hospitales. Así, **desciende el número de fallecidos** y **aumenta la esperanza de vida**, es decir, los años que se espera que viva una persona.

Por el contrario, las familias de los países desarrollados tienen **menos hijos** que las de otros lugares del mundo.

Debido a la baja natalidad y a la elevada esperanza de vida que hay en nuestro país, **la población envejece** poco a poco.

La llegada de personas de otros países

Los **inmigrantes** son las personas que llegan a un país o a una región en la que no han nacido ni vivido.

A comienzos del siglo XXI llegaron a España más de cinco millones de inmigrantes de otros países, porque había trabajo y calidad de vida. Su llegada trajo nuevos nacimientos y población trabajadora.

La diferencia entre el número de inmigrantes que llegan a una región o país, y el número **emigrantes** o personas que lo abandonan, se llama **saldo migratorio**. Si hay más inmigrantes que emigrantes, la población crece, es decir, el saldo es positivo.

¿CÓMO SE CALCULA EL CRECIMIENTO DE LA POBLACIÓN?

- **Crecimiento natural**
  - \+ natalidad
  - \- mortalidad
- **Crecimiento real**
  - \+ natalidad
  - \- mortalidad
  - \+ saldo migratorio

LOS INMIGRANTES EN ESPAÑA

¿De dónde llegan?

PAÍS DE ORIGEN	NÚMERO DE PERSONAS (2009)
Marruecos	767.784
Rumanía	751.688
Ecuador	440.304
Colombia	287.205
Reino Unido	222.039
China	151.547

¿Cuántos son en cada comunidad?

Taller de Geografía

¡Leemos todo tipo de gráficos!

Estos **gráficos de barras** presentan datos sobre la población española. En el **eje horizontal** de estos ejemplos se representan los años analizados. En el **eje vertical** se anotan las cifras que se van a comparar: el número de hijos por mujer, o la edad hasta la que viven las personas.

En España hay pocos nacimientos: su tasa de natalidad es una de las más bajas del mundo.

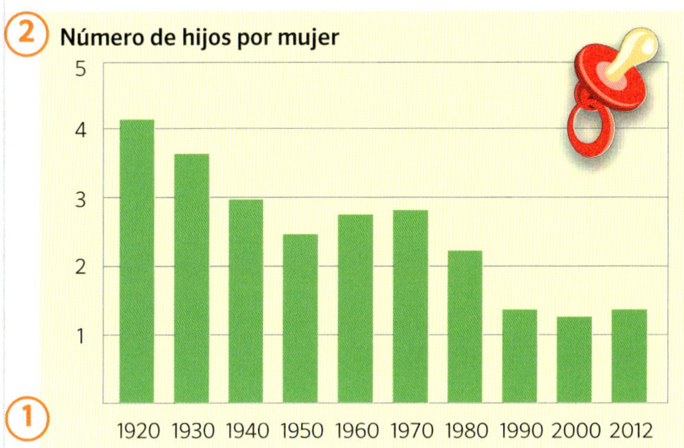

La esperanza de vida en España es de las más altas del mundo.

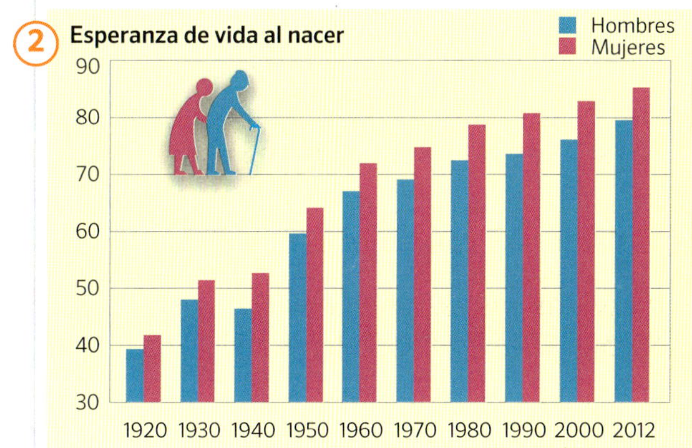

Trabaja con los gráficos

27 Responde:

a) ¿Cuántos hermanos tuvieron tus abuelos? ¿Y tus padres? ¿Y tú? ¿Qué diferencias observas?

b) ¿Quiénes viven más años, los hombres o las mujeres? Según la gráfica, ¿ha sido siempre así?

28 Aprende a interpretar una pirámide de población en la *página 137*.

- La sociedad española sufre un proceso de **envejecimiento** debido al descenso en el número de nacimientos y al aumento de la esperanza de vida.
- La llegada de **inmigrantes** aumenta la población.

Actividades

29 ¿Qué consecuencias tiene para la sociedad española el envejecimiento de la población?

30 ¿De qué cinco países proceden la mayor parte de los inmigrantes llegados a España? ¿Crees que todos vienen por las mismas razones? Explícalo en un texto breve.

Usa todos tus recursos

31 sm**Savia**digital.com
COMPRENDE Observa los **cambios** que ha habido en la población española durante las **últimas décadas**.

5 La cultura en España

¿Has estado en alguna ciudad de otra provincia española? ¿Has probado sus platos típicos? ¿Has visitado sus monumentos?

España atesora una gran riqueza cultural y sus tradiciones son muy diversas. Esta variedad y sus bellos paisajes permiten un gran desarrollo del turismo en nuestro país. ¡Cada año la visitan millones de extranjeros!

Un país rico en cultura

La **cultura española** es un gran puzle formado por los distintos pueblos que han vivido aquí en el pasado. Esa herencia se percibe en el arte, la literatura, la música, la gastronomía y las lenguas que se hablan en nuestro país.

Por ese motivo, incluso dentro de cada territorio existen **diversas expresiones culturales**.

Esa **pluralidad** es tan importante que está recogida en la **Constitución**. En nuestra ley fundamental se indica que el Estado debe "proteger a todos los españoles y pueblos de España en el ejercicio de los derechos humanos, sus culturas y tradiciones, lenguas e instituciones".

¿Sabías que...?

Los españoles han dado al mundo inventos que han revolucionado la vida diaria de la humanidad, como la fregona, la grapadora, el futbolín, el submarino, el teleférico, el autogiro, la calculadora digital o el chupa-chups, entre otros.

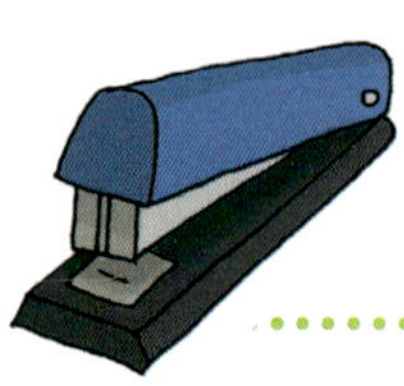

MANIFESTACIONES DE LA CULTURA EN ESPAÑA

Las lenguas de España

Riqueza idiomática

El **castellano** o **español** es el idioma hablado por la mayoría de los españoles. Pero en nuestro país también se hablan otras lenguas, como el **catalán**, el **gallego** y el **euskera**, que son oficiales, junto con el castellano, en algunas comunidades. Además, se hablan el asturleonés, el aragonés y el aranés.

Variedad gastronómica

La gastronomía española es muy variada y cuenta con multitud de platos regionales con influencias de muchas culturas anteriores. La **dieta mediterránea** y el uso del aceite de oliva hacen que nuestra dieta esté entre las más saludables del mundo.

Música y danza

Las jotas, las isas, las sardanas, las muñeiras, las danzas vascas, los chotis o las sevillanas son ejemplos de la diversidad que existe en las músicas y en las danzas tradicionales españolas.

Arte

España ha sido y es un país con grandes **escritores**, **artistas**, **músicos** y **arquitectos**. Hoy día cuenta con importantes artistas dedicados, por ejemplo, al **cine**, la **fotografía** y la **música**.

- La cultura española está formada por la aportación de los **distintos pueblos** que han habitado en nuestro país.
- España es un país plural y sus territorios tienen **expresiones culturales** propias.

Actividades

32 ¿Por qué es tan variada la cultura española?

Usa todos tus recursos

33 Elige un invento, un baile o un plato español y descríbelo en una presentación para tus compañeros. ¡Incluye fotografías!

34 Observa el mapa. ¿Qué idiomas se hablan en tu provincia?

35 Investiga sobre las expresiones culturales de tu comunidad y completa la siguiente tabla:

Música y danza (tipos)	Gastronomía (platos típicos)	Arte (monumentos, museos)	Literatura (autores y obras)
●●●	●●●	●●●	●●●

Organiza tus ideas

ESPAÑA

Su ley fundamental es la •••

SEGÚN SU ESTRUCTURA POLÍTICA, ESPAÑA

- es una ••• parlamentaria
- El poder del Estado reside en •••
- Los poderes se reparten entre las •••, el ••• y los tribunales

LOS TERRITORIOS DE ESPAÑA SE ORGANIZAN EN

- municipios, provincias y •••

SU POBLACIÓN

- supera los ••• millones de habitantes
- vive sobre todo en las •••
- sufre un proceso de •••
- forma una sociedad y una cultura •••

Trabaja con el esquema

36 Copia el esquema en tu cuaderno y añade la información que falta.

37 Completa el texto en tu cuaderno con ayuda del esquema.

a) España es una •••. Su ••• es la ley fundamental.

b) Existen ••• tipos de poderes: •••, ••• y •••.

c) La sociedad española es •••.

38 Define en tu cuaderno el significado de los siguientes conceptos.

envejecimiento de la población — provincia — Estado democrático

39 Relaciona cada término con una definición.

comunidades autónomas – Gobierno – densidad de población – Constitución – Cortes Generales – rey o reina

A. Están formadas por el Congreso de los Diputados y por el Senado → •••

B. Hace cumplir las leyes y dirige la política del país → •••

C. Entre sus funciones está la de representar a España en el extranjero → •••

D. Es la ley más importante de todas y fue aprobada en 1978 → •••

E. Son 17 y están formadas por provincias → •••

F. La media española es de 92 habitantes por km^2 → •••

Repasa la unidad

40 Copia las afirmaciones en tu cuaderno y señala si son verdaderas (V) o falsas (F).

a) La separación de poderes es un principio básico de la organización territorial.

b) La población española se reparte de forma igualitaria por todo el territorio.

c) La cultura española es muy rica y variada.

41 Responde a las cuestiones.

a) ¿Por qué España es un Estado democrático?

b) ¿Por qué es un Estado social?

42 ¿Cuál de los tres poderes del Estado es elegido por los ciudadanos en las elecciones generales? ¿Cuáles son sus funciones?

43 Observa el siguiente mapa sobre el porcentaje de envejecimiento de la población española por provincias y contesta a las preguntas.

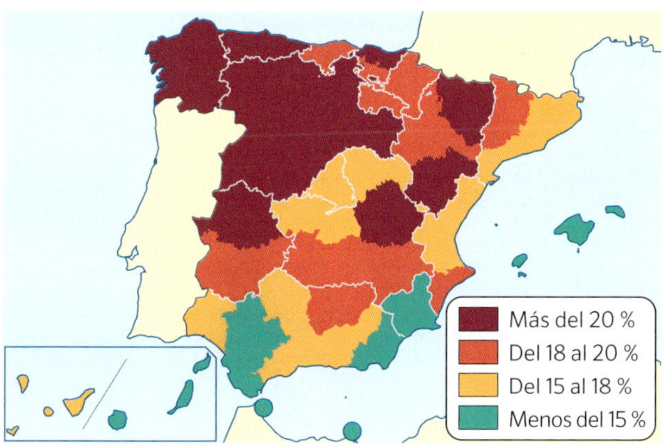

a) ¿En qué provincias la tasa de envejecimiento supera el 18%?

b) ¿En qué provincias dicha tasa es menor del 18%? ¿Y del 15%?

c) Compara este mapa con la distribución de la población rural y urbana en España, y con las zonas con mayor población inmigrante. ¿Qué conclusiones puedes extraer?

44 ¿Sabrías analizar la población de tu localidad? Ten en cuenta estos aspectos y descríbela.

a) ¿Es rural o urbana? ¿Qué oficios predominan entre sus habitantes?

b) ¿La densidad de población es alta o baja?

c) ¿Hay inmigración? ¿Mucha o poca?

d) ¿Hay mucha gente mayor? ¿Y niños?

45 Escribe en tu cuaderno el nombre de las diez divisiones administrativas que se esconden en esta sopa de letras.

U	R	J	G	A	L	I	C	I	A
G	E	X	Q	B	U	N	W	C	K
T	G	T	Y	L	I	T	Y	A	Z
I	I	O	T	Z	S	H	J	S	Y
Y	O	L	S	B	L	P	C	T	A
U	N	E	L	G	A	R	U	I	N
V	D	D	Q	P	S	G	V	L	D
A	E	O	G	T	B	S	T	L	A
L	M	R	L	L	A	A	H	A	L
L	U	A	H	A	L	I	Q	Y	U
I	R	W	O	R	E	R	A	L	C
L	C	F	O	I	A	U	L	E	I
E	I	H	V	O	R	T	A	O	A
M	A	A	C	J	E	S	V	N	L
C	Ñ	R	O	A	S	A	A	V	V

46 Lee la siguiente noticia y responde en tu cuaderno a las preguntas. Da tu opinión personal.

La Unesco reconoce los patios de Córdoba como patrimonio inmaterial de la humanidad

Los patios cordobeses son ya patrimonio inmaterial de la humanidad. La Unesco ha reconocido el valor de una tradición ancestral de Córdoba (Andalucía), que cada año celebra la primavera embelleciendo sus patios con adornos florales. ■

a) ¿Qué crees que significa "patrimonio inmaterial de la humanidad"?

b) ¿Por qué la cultura es importante para las personas?

c) ¿Cuál es tu tradición cultural favorita?

d) Escribe tres razones por las que crees que debería ser declarada patrimonio de la humanidad.

smSaviadigital.com
VALORA LO APRENDIDO Comprueba lo que sabes en la **autoevaluación**.

Ponte a prueba

Los derechos de los españoles

La convivencia en clase es una tarea de todos, y se construye con los pequeños gestos de respeto que realizamos cada día entre todos los compañeros.

Derecho a la vida y a la integridad física.

Derecho a la libertad y a ser protegidos por la justicia.

Derecho a un trabajo que asegure una vida digna.

Derecho a no ser discriminados por nuestra raza, sexo, religión ni por ninguna otra circunstancia personal.

Derecho a la libertad religiosa e ideológica.

Derecho a expresar libremente nuestra opinión

Derecho a vivir donde elijamos y a poder movernos libremente por el país.

Derecho a la educación.

Derecho a elegir a nuestros representantes a partir de los 18 años.

Derecho a asociarnos con otras personas para defender nuestras ideas.

1 Piensa en un caso que conozcas donde no se haya respetado alguno de estos derechos.

a) Expón el caso en tu cuaderno.

b) Explica el daño que sufre la persona cuyos derechos no han sido respetados.

¿Cuáles son nuestros deberes?

Para poder convivir, los ciudadanos cumplimos con nuestros deberes. Para lograrlo, debemos conocer y valorar nuestros derechos y también los derechos de los demás.

1 ¿Cuáles de estos deberes ha de cumplir un alumno de 5° de Primaria? ¿Por qué?

A. Deber de cumplir las normas, como las de circulación.

B. Deber de pagar impuestos para financiar servicios comunes.

C. Deber de estudiar o trabajar para ayudar al progreso.

2 ¿Qué significa para ti que todos los ciudadanos somos "sujetos de derechos y deberes"?

Tarea final ¡Tu voto cuenta!

PASO 1 En grupos, buscad un deber y un derecho que sean necesarios para los alumnos de un colegio. Explicad por escrito por qué son importantes y elegid una sanción para quien incumpla el deber.

PASO 2 Preparad una campaña electoral. Exponed al resto de la clase vuestro programa, es decir, por qué deberían votar por vuestro derecho y por vuestro deber.

PASO 3 Para la votación, colocad dos urnas: una para los deberes y otra para los derechos. Cada alumno votará el deber y el derecho que considere más importantes. ¡No podréis votar a vuestro grupo!

PASO 4 Por último, el profesor contará los votos y, en una gran asamblea, se decidirá la sanción para quien incumpla el deber.

PASO 5 Elaborad individualmente un gráfico de barras con los resultados de la elección.

smSaviadigital.com
VALORA LO APRENDIDO ¿Cómo has trabajado en esta **tarea**?

unidad 4

La ciudadanía europea

¡Qué importante es... respetar la diversidad!

Conocer y respetar las características que nos diferencian de otras culturas o países es la mejor manera de enriquecer nuestra forma de vida.

Tarea final

Vamos a elaborar una guía de viajes para conocer algunos países de la Unión Europea.

Vecinos de un continente

Se apellidaba Peltoonen. Así, como suena: Pel-too-nen. Con dos oes. Sí, también con dos es. Pero las es no van seguidas, va una en cada lado. No me preguntéis por el otro apellido, que no lo sé.

Cierto día le escuché decir algo de una casa en Brekka.

Yo no sabía dónde estaba Brekka, pero buscando y buscando (hasta me compré una lupa de aumento) vi que aquella pequeña población estaba en un país situado en el extremo noroeste de Europa: en Islandia. Islandia es un país con volcanes, glaciares, fiordos, cascadas, icebergs, géiseres y vecinos.

También es el país más limpio del mundo. Y con una bandera muy bonita.

La capital de Islandia es Reikiavik y apenas son más de trescientos mil habitantes en la isla. Igual se conocen todos y los días de fiesta se reúnen a charlar.

DANIEL NESQUENS: *Mi vecino de abajo.*
Ediciones SM.

Hablamos

1. Lee el texto y responde a las cuestiones.
   a) ¿En qué parte de Europa está Islandia? ¿Y España? ¿Se parecen los paisajes de los dos países?
   b) ¿Te parece que la población de Islandia es la de un país grande o pequeño? ¿Cuál es la de España?

2. Islandia es un país europeo, pero no forma parte de la Unión Europea. ¿Sabes qué quiere decir eso?

3. Fíjate en la ilustración. Unos jóvenes europeos van a iniciar un viaje por su continente. ¿Qué países podrían visitar? ¿Se puede viajar a Islandia en tren? ¿Por qué? ¿Y a los demás países de Europa?

1 El continente europeo

¿Recuerdas cuáles son los continentes de nuestro planeta? ¿Por qué Europa y Asia son diferentes respecto al resto de continentes?

¿Qué es Europa?

Europa es un **continente** formado por **más de cincuenta países** que comparten algunas características culturales, como el origen de sus idiomas, costumbres o su propia historia.

El continente europeo se considera un territorio **rico**, con grandes industrias y empresas en las que se transforman sus **recursos** naturales desde hace siglos. Sin embargo, esta actividad humana ha provocado también que Europa sea un continente **muy explotado**.

El continente europeo está situado en el hemisferio norte del planeta, y forma parte de la misma masa continental que Asia. A pesar de que la única separación física que hay entre ambos son los **montes Urales**, Europa y Asia se consideran continentes distintos, pues sus tradiciones culturales e históricas son diferentes.

Paisaje de la Europa atlántica.

Paisaje de la Europa mediterránea.

El Imperio romano es un ejemplo del pasado común a muchos países europeos.

El comercio europeo ha favorecido el crecimiento de algunas regiones, pero también la sobrexplotación de recursos naturales.

¿Cómo es el relieve europeo?

Europa está rodeada, salvo en la zona unida a Asia, por un gran tramo de **costas**, que incluyen formas recortadas, playas, penínsulas y archipiélagos.

En su **interior**, los elementos de relieve son poco pronunciados, es decir, las cordilleras tienen una elevación media, y los ríos no son demasiado largos. Destacan tres grandes unidades de relieve:

- La **Gran Llanura**, con relieves suaves y muchos ríos.
- Las montañas y **cordilleras antiguas**, que están más erosionadas y son más bajas, como los montes Urales.
- Las **cordilleras jóvenes**, en el sur, muy escarpadas y de mayor altitud, como los Pirineos o los Alpes.

> ▶ **Europa** es un **continente** formado por **51 países** con características culturales comunes.
>
> ▶ Europa es un continente con muchos **recursos naturales** y muy explotado por la **actividad humana**.
>
> ▶ Europa tiene unas **costas** con accidentes geográficos muy variados, y un **interior** con un relieve poco pronunciado y ríos de longitud media.

Actividades

1. Localiza en el mapa los montes Urales.
   a) ¿Qué separan?
   b) ¿Cuáles son las otras fronteras del continente europeo?
2. Calca el mapa político de Europa del final del libro. Nombra los países con ayuda de tu *Atlas*.
3. ¿Por qué Europa y Asia se consideran dos continentes distintos?

Usa todos tus recursos

4. En Europa existen distintas culturas. ¿Por qué crees que es importante el respeto entre ellas?
5. sm**Savia**digital.com
   COMPRENDE Conoce mejor el **continente europeo**.

2 ¿Qué es la Unión Europea?

La unión hace la fuerza. ¿Has oído alguna vez esta expresión? En Europa algunos países se han unido con esa intención: ser más fuertes.

¿Para qué sirve la Unión Europea?

La **Unión Europea** o **UE** es una **asociación económica**, **social** y **política** formada por **28 países** del continente europeo. Los países que integran esta asociación persiguen unos **objetivos comunes**:

- Promover la **unidad de Europa** y mantener la **paz** entre los países europeos.
- Mejorar las **condiciones de vida** y **trabajo** de sus ciudadanos.
- Eliminar las **fronteras** para que los ciudadanos europeos puedan trabajar, viajar o vivir en cualquier país de la Unión.
- Facilitar el **comercio** entre los países. Para ello se creó una moneda única, el **euro**, utilizada desde el año 2002 en la mayoría de los países que forman la UE.
- Alcanzar la **igualdad** entre países europeos con **ayudas** a los que más lo necesitan, sean o no de la Unión Europea.
- Cuidar el **medioambiente** proponiendo normas para **disminuir la contaminación** y para **proteger la naturaleza**.

¿Sabías que...?

En la mitología griega, Europa era una mujer raptada por un toro.

- Investiga sobre este mito y averigua a qué dios representaba el toro.

¿Cómo se organizan los países de la UE?

Para alcanzar estos objetivos, los países de la UE necesitan un **gobierno** e **instituciones** comunes que tomen decisiones y redacten **leyes**. Entre dichas instituciones destacan el Consejo de la Unión Europea, la Comisión Europea y el Parlamento Europeo:

CONSEJO DE LA UE

Sede: Bélgica

Ministros de los países de la UE.

Aprueban la legislación de la UE, firman acuerdos con otros países y desarrollan la política de común acuerdo con otros países.

COMISIÓN EUROPEA

Sede: Bélgica

Comisarios elegidos por cada uno de los países miembros.

Proponen leyes al Parlamento y vigilan que se cumplan los acuerdos de la UE.

PARLAMENTO EUROPEO

Sede: Francia

Diputados elegidos por los ciudadanos.

Elaboran leyes, aprueban los presupuestos y controlan a otras instituciones de la UE.

Además, la UE cuenta con otras instituciones, como el **Consejo Europeo**, que reúne a los jefes de Estado o de Gobierno; el **Tribunal de Justicia**, que protege a los ciudadanos; o el **Defensor del Pueblo Europeo**, que defiende los derechos de los ciudadanos.

smSaviadigital.com
COMPRENDE Conoce mejor las **instituciones de la UE**.

¿Qué símbolos tiene la UE?

La Unión Europea tiene varios símbolos que representan la **unión** entre sus Estados miembros y sus **valores**.

El **himno europeo** se basa en la *Novena sinfonía* de Beethoven, símbolo de la libertad, la paz y la solidaridad.

El 9 de mayo es el **Día de Europa**, que celebra la paz y la unidad del continente.

El **lema** oficial de la UE es "unida en la diversidad".

En la **bandera** de la UE ondean 12 estrellas en círculo sobre un fondo azul.

- La **Unión Europea** es una **asociación** económica, social y política formada por **28 países**.
- Las **principales instituciones** de la Unión Europea son el **Parlamento**, la **Comisión Europea** y el **Consejo de la Unión Europea**.
- Los **símbolos de la UE** son la **bandera**, el **himno**, el **lema** y el **Día de Europa**.

Actividades

6 ¿Qué diferencia existe entre Europa y la Unión Europea?

7 ¿Qué objetivos busca la Unión Europea?

8 Copia en tu cuaderno esta tabla sobre las instituciones de la UE y complétala.

Institución	Composición	Función
•••	•••	•••

9 ¿Cuáles son los principales símbolos de la Unión Europea? Inventa un lema para tu población que describa sus características.

Usa todos tus recursos

10 Piensa en un problema que afecte a tu población y escribe una carta al Defensor del Pueblo Europeo para pedir soluciones.

11 La bandera de la UE tiene 12 estrellas por los 12 países que la fundaron inicialmente. ¿Cómo debería ser la bandera hoy día?

12 smSaviadigital.com JUEGA Y APRENDE Resuelve este **crucigrama sobre la UE.**

3 La historia de la Unión Europea

España es un país de Europa, pero no siempre ha sido un país miembro de la Unión Europea. ¿Cuándo se creó la UE? ¿Se ha llamado siempre así? ¿Participó España en su fundación? ¡Averígualo!

JUNTOS
DESDE 1957

La formación de la Unión Europea

En el siglo xx, Europa sufrió dos guerras mundiales que la destruyeron. Por ello, los dirigentes de los países europeos intentaron establecer acuerdos para **evitar futuras guerras** e **impulsar el desarrollo común** de Europa. Ese fue el **origen** de la Unión Europea.

A partir de ese momento, los países europeos dieron juntos los siguientes **pasos**:

- **1950.** Alemania, Bélgica, Francia, Italia, Luxemburgo y los Países Bajos crearon la **Comunidad Europea del Carbón y el Acero (CECA)** para facilitar el comercio entre ellos. Fue el primer paso.
- **1957.** Los países de la CECA eliminaron las fronteras comerciales entre sí buscando un **mercado común**, y fundaron la **Comunidad Económica Europa (CEE)**. Con los años, se sumaron más países.
- **1986.** España y Portugal ingresaron en la CEE.
- **1992.** La CEE pasó a llamarse **Unión Europea (UE)**. En adelante, además de una comunidad económica, pasó a ser también una **unión social y política**.
- **2002.** El **euro** se convierte en moneda de la mayoría de los países.
- **2013.** Tras varias ampliaciones, la UE acogió a **28 países miembros**.

Trabaja con la imagen

13 Observa el logotipo del 50 aniversario de la creación de la UE.

a) ¿Por qué crees que cada letra es distinta?

b) ¿Con qué momento coincide la fecha?

LOS PAÍSES DE LA UNIÓN EUROPEA

Taller de Geografía

¡Sé un geógrafo de leyenda!

PASO 1 Busca el mapa político mudo de Europa que aparece al final de tu libro y cálcalo.

PASO 2 Pinta con colores distintos los países según su fecha de incorporación a la UE.

1957: Alemania, Bélgica, Francia, Italia, Luxemburgo y Países Bajos. **1973:** Reino Unido, Dinamarca e Irlanda. **1981:** Grecia. **1986:** Portugal y España. **1995:** Austria, Finlandia y Suecia. **2004:** Estonia, Letonia, Lituania, Polonia, República Checa, Hungría, Eslovaquia, Eslovenia, Malta y Chipre. **2007:** Bulgaria y Rumanía. **2013:** Croacia.

3. Copia la leyenda en tu cuaderno y complétala con los colores, los países y la fecha de cada ampliación.

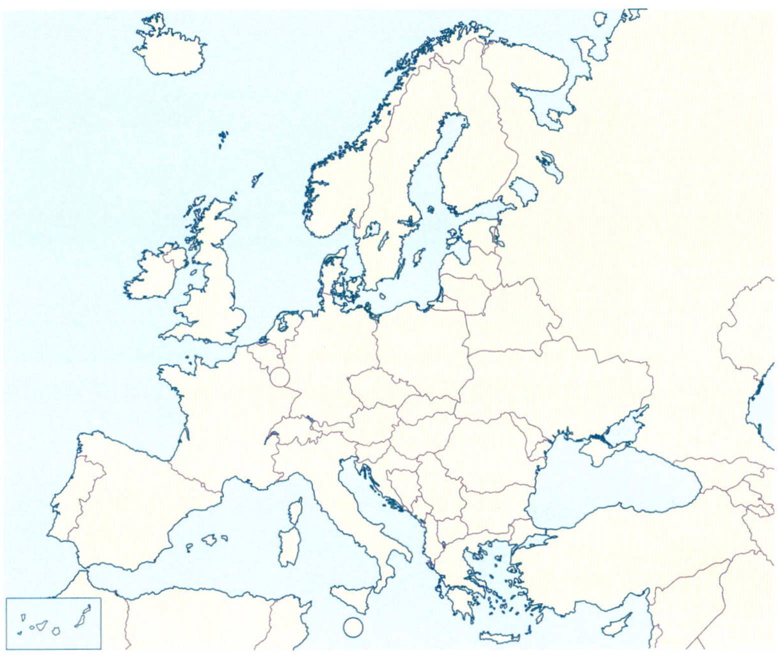

- Países fundadores ☐
- 1.ª ampliación ☐
- 2.ª ampliación ☐
- 3.ª ampliación ☐
- 4.ª ampliación ☐
- 5.ª ampliación ☐
- 6.ª ampliación ☐
- 7.ª ampliación ☐

Trabaja con el mapa

14 Investiga qué países de la UE usan el euro como moneda y márcalos con un icono.

- La **Unión Europea** surgió de la intención de evitar guerras entre los países europeos e impulsar su **desarrollo**.
- La CEE surgió en 1957, y en 1992 se creó la Unión Europea, que pretendía ser también una **unión social y política**.

smSaviadigital.com
COMPRENDE
¡Construyamos **Europa**!

Actividades

15 ¿Por qué se creó la Unión Europea?

16 Coloca en una línea del tiempo estos hitos relacionados con la Unión Europea.

CEE – incorporación de España – CECA – incorporación de Croacia – Unión Europea – incorporación de Irlanda, Reino Unido y Dinamarca

Usa todos tus recursos

17 Algunos países han solicitado ingresar en la Unión Europea. Localízalos en un mapa político de Europa.

Macedonia · Islandia · Montenegro · Serbia · Turquía

4 La población en la Unión Europea

¿Cuántas personas mayores de 40 años hay en tu familia? ¿Y menores de esa edad? Si hay más mayores que menores, vives en una familia similar a la mayoría de las familias europeas. ¿Lo sabías?

¿Quién vive en Europa?

Europa es un continente **muy poblado**, con más de 700 millones de habitantes. De ellos, unos 500 millones de habitantes pertenecen a la UE.

El mayor problema para la población de la UE y de nuestro continente en su conjunto es que, como en España, cada vez nacen menos niños, mientras que las personas viven cada vez más tiempo.

El resultado es el **envejecimiento** de la población, que se refleja en un **crecimiento natural negativo**.

> Crecimiento natural = natalidad - mortalidad

Sin embargo, aunque nazcan pocos niños, muchas personas vienen a vivir a Europa. La mayoría de la inmigración que llega a nuestro continente procede de América del Sur y el Caribe, de África y de Turquía, y busca trabajo y protecciones sociales.

Como hay más **inmigrantes** que emigrantes, el **crecimiento real** de la población es **positivo**.

> Crecimiento real = natalidad - mortalidad + saldo migratorio

La población europea es principalmente **urbana**. Algunas de las mayores ciudades de la Unión Europea son París, Londres y Madrid.

Sin embargo, también existen muchas zonas rurales con una densidad de población baja.

En Europa hay grandes ciudades con millones de habitantes y zonas con escasa densidad de población. Observa en la página 138 de tu libro cómo existen grandes ciudades en diferentes tipos de relieve de nuestro continente.

Las costumbres de la población europea varían de unos lugares a otros, pero comparten rasgos comunes, como una escasa natalidad y el envejecimiento de la población.

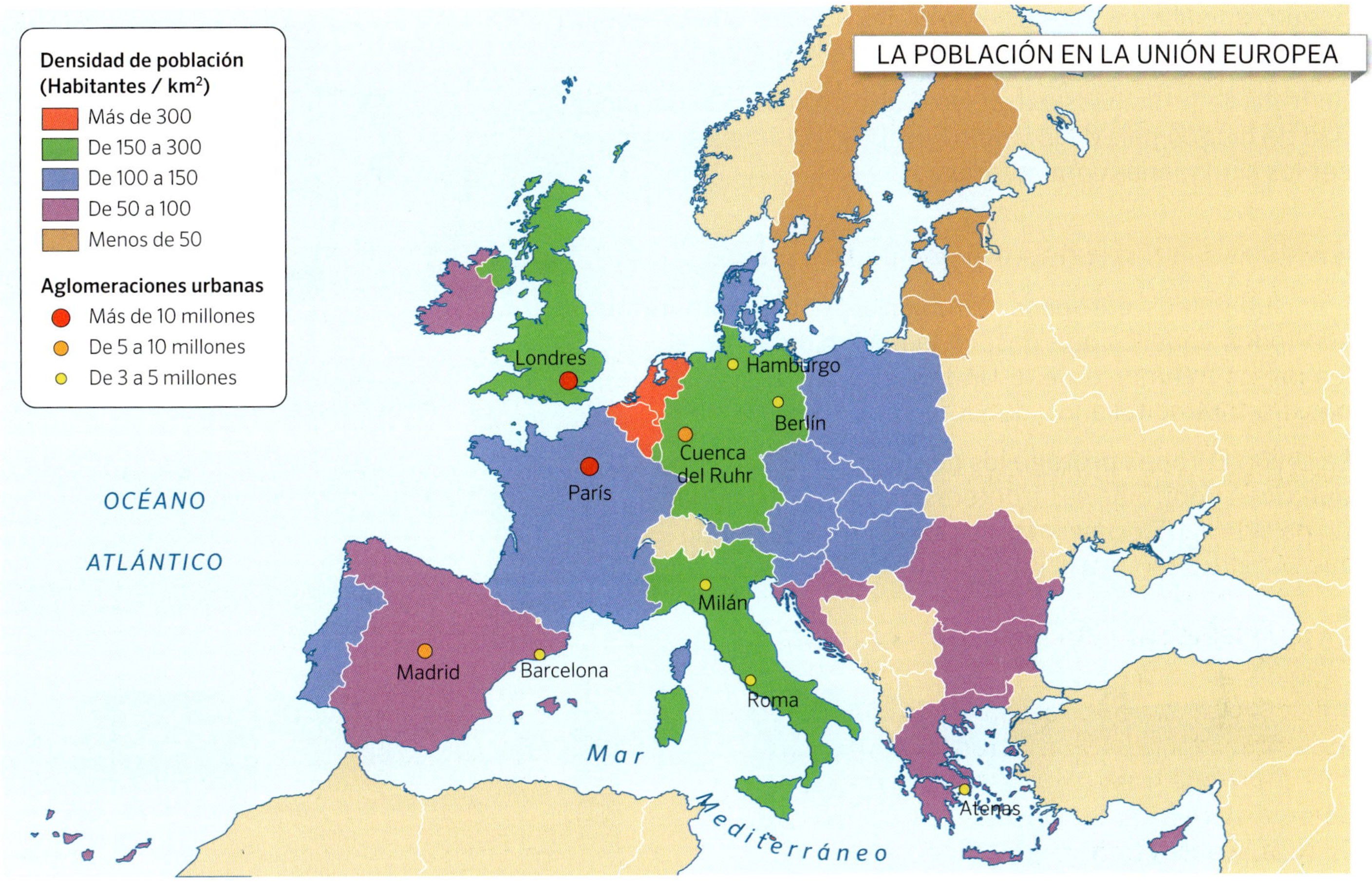

- **Europa** es un continente **muy poblado**, cuya población tiende a **envejecer** cada vez más.
- La **población** europea se concentra en las **ciudades**, a donde se suelen dirigir los **inmigrantes** llegados de otros continentes.

Actividades

18 ¿Por qué se dice que la población europea está envejeciendo?

19 ¿En qué se diferencia el crecimiento natural del crecimiento real? ¿Cuál de los dos es negativo en Europa? ¿Y cuál es elevado?

20 Observa el mapa de la población en la UE. ¿España está entre los países con mayor o con menor densidad? ¿Qué grandes ciudades españolas aparecen destacadas?

21 smSaviadigital.com
APRENDE Relaciona la **población** y sus **recursos**.

Usa todos tus recursos

22 Observa la pirámide de población europea.

a) ¿En qué grupo de edad estás tú? ¿Hay más chicos o chicas en tu grupo de edad?

b) ¿En qué sector están tus familiares?

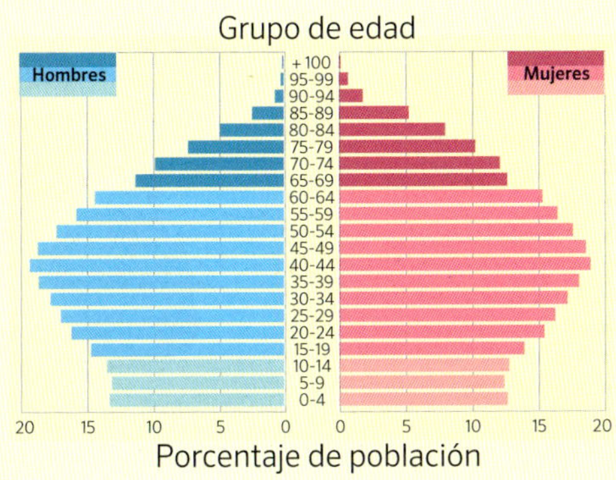

5 Somos ciudadanos europeos

Seguro que alguna vez has oído en las noticias que un equipo de fútbol cuenta con algún jugador extracomunitario.

Se trata de futbolistas extranjeros que no tienen la nacionalidad de ningún país de la Unión Europea. ¿Quiénes son entonces los ciudadanos comunitarios?

¿Qué significa ser ciudadano europeo?

Los **ciudadanos europeos**, también llamados **comunitarios**, son todos aquellos que poseen la **nacionalidad** de alguno de los países miembros de la Unión Europea: españoles, rumanos, franceses, italianos, daneses...

La Unión Europea **protege los derechos** de todas las personas que viven dentro de sus fronteras. Además, los ciudadanos de un país de la UE conservan los derechos de su propio Estado.

LOS DERECHOS DE LOS CIUDADANOS DE LA UE

Los ciudadanos de la Unión Europea pueden **circular** y **residir** en cualquiera de los países miembros.

En los países de la Unión Europea puede **trabajar** cualquier persona de los países miembros.

Los ciudadanos de los países miembros de la Unión Europea pueden **votar** en las elecciones europeas.

Las instituciones y el Defensor del Pueblo Europeo deben **proteger** a los ciudadanos de la Unión Europea.

En las instituciones europeas se puede usar cualquiera de los **idiomas oficiales** de los países de la Unión Europea.

Una diversidad que nos une

La Unión Europea está compuesta por muchos países. Por eso crea leyes que protegen la **diversidad** cultural de sus Estados miembros, así como el **patrimonio cultural común**.

- Las **tradiciones culturales** de cada país forman parte de la diversidad europea. Un ejemplo son las 24 **lenguas oficiales** que se hablan hoy día en Europa.
- El **patrimonio cultural común** tiene su ejemplo más claro en el **pasado histórico** compartido. Es el caso de los estilos artísticos comunes a varios países europeos, como el Románico.

Los europeos compartimos un gran patrimonio cultural y científico. Los museos, las lenguas o la Historia son algunos ejemplos. Conoce más en la *página 139* de tu libro.

- Los **ciudadanos de la Unión Europea** poseen **derechos** comunes, además de los que tienen en sus países.
- La Unión Europea presenta una gran **diversidad cultural** y con un **patrimonio histórico** común.
- Algunos países de la Unión Europea tienen una **moneda común**, el **euro**, que facilita los intercambios comerciales.

Actividades

23 ¿Cuáles son los derechos que tienen los ciudadanos de la Unión Europea? ¿Por qué es positivo poder disfrutar de ellos?

Usa todos tus recursos

24 Si conoces a personas de otro país europeo, pregúntales en qué se parece su país al tuyo. Explica las respuestas en clase.

25 Haz una lista en tu cuaderno con los aspectos que crees que compartes con los demás europeos.

26 Investiga cuáles son las veinticuatro lenguas oficiales de la Unión Europea. ¿Cuántas de ellas hablas tú?

Organiza tus ideas

LA UNIÓN EUROPEA → es una unión •••, social y política integrada por ••• países europeos

- **HISTORIA**
  - Nació en ••• para buscar la paz e impulsar el desarrollo de los ••• miembros.
  - Desde su creación hasta la actualidad se han producido ••• ampliaciones.
- **INSTITUCIONES**
  - Comisión
  - Parlamento
  - Consejo de la UE
  - ••• Europeo
  - ••• de Justicia
  - Defensor del •••
- **POBLACIÓN**
  - Se distribuye de manera irregular
  - Se concentra en zonas •••
  - Tiende al •••

JUNTOS DESDE 1957

Trabaja con el esquema

27 Copia el esquema en tu cuaderno y añade las siguientes informaciones:

a) La principal función de cada una de las instituciones que integran la UE.

b) Los principales derechos que tienen los ciudadanos europeos.

c) El nombre de los países con las zonas más y menos densamente pobladas.

28 Estas fechas se refieren a las distintas ampliaciones citadas en el esquema, en el apartado de Historia de la UE. Señala qué países ingresaron en cada una de ellas.

1957 1973 1981 1986

1995 2004 2007 2013

29 Averigua el nombre de las instituciones europeas que se definen a continuación.

A. Asociación económica, social y política de algunos países de Europa.

B. Institución que propone leyes al Parlamento y vigila que se cumplan los acuerdos de la UE.

C. Institución de la UE que decide sobre asuntos políticos.

D. Institución que elabora leyes, aprueba los presupuestos y controla la acción de otras instituciones de la UE.

30 Explica las tres características principales de la población europea que aparecen reflejadas en el esquema.

Repasa la unidad

31 ¿Es lo mismo Europa que la Unión Europea? Explica en tu cuaderno qué tienen en común esos conceptos y en qué se diferencian.

32 Escribe en una tabla los accidentes geográficos de Europa que recuerdes. Después, puedes contrastarla con la de tus compañeros.

Mares y océanos	Ríos	Montañas
•••	•••	•••

33 ¿Cuándo se celebra el día de Europa? ¿Qué hecho se festeja? Inventa un cartel para anunciar la importancia de ese día.

34 Localiza los siguientes países en el mapa político de Europa que aparece en el *Atlas*, y di si pertenecen a la UE o no.

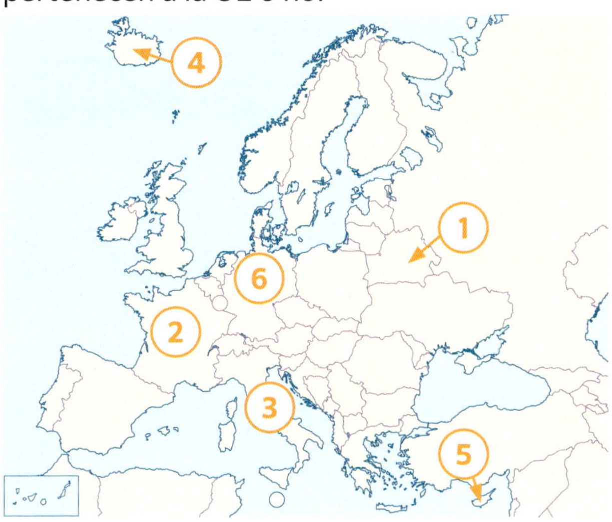

35 Además de los 28 países miembros de la UE, hay otros Estados que han solicitado ingresar en ella. Aquí puedes consultar sus nombres y sus banderas:

Macedonia

Montenegro

Turquía

Islandia

Albania

Bosnia-Herzegovina

Serbia

Kosovo

- ¿Qué objetivos tendrán que comprometerse a cumplir estos países si finalmente ingresan en la UE?

36 Relaciona estas imágenes con los hechos que representan. ¿En qué fecha se produjeron?

a

1. Incorporación de Croacia a la Unión Europea.

b

2. Introducción del euro en algunos países de la UE.

37 Conoce a algunas de las personas que han impulsado la cultura europea. Lee los ejemplos de la *página 139* y prepara una breve biografía sobre una de ellas.

38 Todas las monedas de euro tienen una cara común y otra en la que aparece algún símbolo típico del país donde se fabricó la moneda.

a) ¿Qué moneda existía en España antes del euro? Puedes preguntarle a algún familiar.

b) ¿Cuál es la cara y cuál la cruz de un euro?

c) ¿A qué país crees que corresponde cada una de estas monedas? ¿Por qué?

1

2

3

smSaviadigital.com
VALORA LO APRENDIDO Comprueba lo que sabes en la **autoevaluación**.

Ponte a prueba

Un viaje por el corazón de Europa

InterRail es un billete de tren que te permite viajar por la mayor parte de los países de Europa. Ayuda a estos estudiantes a organizar su viaje. Aquí tienes el mapa de sus trayectos.

1. ¿Cuántos días van a viajar?
2. ¿Qué capitales europeas van a visitar?
3. ¿Pertenecen todos sus destinos a la UE? ¿Usan todos el euro?

- Día 1. Francia, para visitar París.
- Día 6. Bélgica, para visitar Bruselas, Gante y Brujas.
- Día 9. Alemania, para visitar Berlín.
- Día 11. República Checa, para visitar Praga.
- Día 13. Split, en Croacia, ciudad famosa por sus restos romanos.
- Día 15. Italia, para visitar Roma, Florencia y Venecia.
- Día 23. París.

¿Qué documentos se necesitan?

Los ciudadanos europeos no necesitan pasar controles para viajar a la mayoría de los países de la Unión Europea.

1. Si no viajas con pasaporte, ¿con qué documentación puedes moverte por la UE?
2. ¿Sirve ese documento para viajar por todos los países que visitarán los estudiantes en su Interrail?
3. Observa la tabla y calcula cuánto les costará el viaje.

Duración del Interrail y precios (en euros)	Joven	Adulto
5 jornadas en 10 días	159	249
10 jornadas en 22 días	239	359
22 días seguidos	309	469
1 mes completo	399	599

Tarea final — Preparamos una guía de viajes

Vamos a elaborar una guía de viajes para ayudar a Antonio y a sus amigos durante su itinerario por la Unión Europea.

PASO 1 Por grupos, elegid un país de la UE, buscad información sobre él y recoged los datos en una tabla como esta:

País	República Checa
Capital	Praga
Bandera	●●●
Idioma	●●●
Número de habitantes	●●●
Moneda	●●●
¿Qué ver?	●●●

PASO 2 Buscad y seleccionad 3 o 4 imágenes representativas de ese país, recortadlas y pegadlas en un folio.

PASO 3 Después, distribuid alrededor de las fotografías el resto de la información que hayáis encontrado. Debéis redactarla en forma de guía turística.

PASO 4 Por último, poned en común vuestro trabajo con el del resto de compañeros y unid todas las páginas. ¡Ya tenéis lista una completa guía sobre los países de la UE!

smSaviadigital.com
VALORA LO APRENDIDO ¿Cómo has trabajado en esta **tarea**?

TU REVISTA

¡De compras sin pagar un euro!

Aunque no lo sepas, todas las personas que nacieron antes del 2001 (algún hermano mayor, tus padres, tus tíos, tus profesores...) han comprado cosas sin dar un euro a cambio. ¿Cómo lo han hecho? Es fácil: han usado la peseta, la moneda que se utilizaba en España antes del euro.

¿Qué países del mundo usan el euro? Si un euro vale 166 pesetas, ¿cuántas pesetas costaría ahora un paquete de cromos?

Un idioma original

En algunas provincias del norte de España se habla una lengua que no proviene del latín. Es el euskera, un idioma que ha logrado conservarse hasta hoy en zonas del País Vasco y Navarra. Lo que quizá no sepas es que en castellano también se usan palabras que tienen su origen en el euskera como, por ejemplo, el término "izquierda".

¿Qué idiomas se hablan en España? ¿Son todos oficiales en la Unión Europea?

¿Qué costumbres hay en tu comunidad autónoma? ¿Qué compartís con el resto de los españoles?

"La Pepa"

La Constitución de 1978 no fue la primera de nuestro país. Antes hubo otras épocas en las que se redactaron constituciones más o menos democráticas.

La más importante fue la primera, promulgada en Cádiz el 19 de marzo de 1812, el día de san José... Por eso esa constitución se llamó "la Pepa".

La Constitución de 1812 habla de "los españoles de ambos hemisferios". ¿Hubo alguna vez territorios españoles en el hemisferio sur? ¿Cuándo?

¡A la rica paella!

España tiene muchas comidas típicas, pero una de las más internacionales es la paella... Por eso, uno de los récords Guinness que tiene nuestro país es el de la mayor paella del mundo... ¡Qué buena!

¡Separad las ruedas!

La eliminación de las fronteras en la UE ha traído grandes avances para los viajeros, y los países han intentado eliminar otras barreras. Por ejemplo, hasta el 2013 el tren-hotel *Francisco de Goya* que viajaba de Madrid a París hacía una larga parada en el País Vasco para separar o acercar sus ruedas, ya que las vías en España son más anchas que en Europa. ¡Y este tren era el único que podía usar las dos vías!

Hoy día ya se construyen los trenes de alta velocidad para un ancho de vía internacional.

¿Por qué facilita los viajes la eliminación de fronteras?

¡Qué difícil fue empezar!

Para crear la CEE, los países fundadores se reunieron en Roma en 1957. Sin embargo, la reunión fue muy accidentada: por el camino se perdió un vagón de tren con papeles importantes. Tras recuperarlos hubo que pasar a limpio el texto del tratado y, para organizarse, los líderes políticos extendieron las copias por el suelo de una sala. Al día siguiente descubrieron que, por la noche, el servicio de limpieza lo había tirado todo... ¡Menos mal que había copias guardadas!

¿Hay algún microestado en la UE?

Microestados en Europa

En Europa existen Estados muy pequeños llamados microestados. De hecho el país más pequeño del mundo está en nuestro continente: el Vaticano. Es tan pequeño que no mide ni medio kilómetro cuadrado y no tiene ni mil habitantes... Además, ¡está rodeado por la ciudad de Roma!

El idioma del Vaticano también es sorprendente: ¡es el latín, el mismo que hablaban los romanos!

Como un enjambre

Ortega y Gasset fue uno de los pensadores españoles más importantes del siglo pasado. Para él, la identidad europea era algo evidente y lo explicó así: "Europa es, en efecto, enjambre: muchas abejas y un solo vuelo".

¿Qué quiere decir esta frase de Ortega? ¿Cómo funciona un enjambre?

Comprueba lo que has aprendido

Test

¿Recuerdas todo lo que has aprendido durante este trimestre? Compruébalo en este test.

1. Los territorios de España se organizan en:
   A. Comunas, departamentos y regiones.
   B. Barrios, pueblos y ciudades.
   C. Municipios, provincias y comunidades autónomas.

2. ¿Cuál de las siguientes oraciones es verdadera?
   A. El poder legislativo hace cumplir las leyes.
   B. El poder judicial juzga el cumplimiento de las leyes y actúa ante su incumplimiento.
   C. El poder ejecutivo elabora nuevas leyes.

3. Explica el significado de estos conceptos.
   A. Densidad de población.
   B. Población urbana.
   C. Áreas despobladas.

4. ¿De qué informa la siguiente tabla?

País de origen	Número total (2009)
Marruecos	767.784
Rumanía	751.688
Ecuador	440.304
Colombia	287.205
Reino Unido	222.039
China	151.547

   A. De los europeos que visitaron España durante el año 2009.
   B. De las personas mayores de 80 años.
   C. De los inmigrantes residentes en España.

5. Además del idioma castellano, en España son oficiales:
   A. El inglés, el francés y el alemán.
   B. El latín y el griego.
   C. Las respuestas a y b son ambas incorrectas.

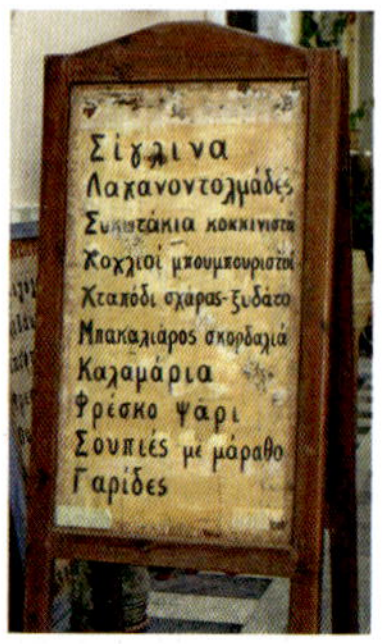

6. ¿Qué frontera natural separa Europa de Asia?
   A. Los montes Urales por el este.
   B. El mar Mediterráneo.
   C. No hay separación física entre ambos.

7. ¿Cuáles son instituciones europeas?
   A. Congreso de los Diputados, Senado y Consejo de Ministros.
   B. CECA, CEE y UE.
   C. Comisión Europea, Consejo de la Unión Europea y Parlamento Europeo.

8. ¿En qué año se incorporaron España y Portugal a la Comunidad Europea?
   A. En 1986.
   B. En 2013, con Croacia.
   C. En 1981, con Grecia.

9. ¿Qué tres factores tiene en cuenta el crecimiento real de la población?
   A. Población urbana, rural y migraciones.
   B. Natalidad, crecimiento y mortalidad.
   C. Natalidad, mortalidad y migraciones.

10. Di a qué derecho de los ciudadanos de la UE alude el dibujo.

   A. A circular y residir en un país de la UE.
   B. A votar y presentarse en las elecciones europeas y en las elecciones municipales.
   C. A trabajar en cualquier país de la UE.

smSaviadigital.com REPASA

De ayer a hoy

Tus abuelos pueden contarte los grandes cambios que ha vivido la sociedad española en las últimas décadas. En estos años, el país ha evolucionado mucho, y la sociedad española ha alcanzado un alto nivel de progreso. Sin embargo, también han surgido o aumentado algunos problemas.

1. Haz una entrevista a un familiar mayor. Averigua las diferencias entre cómo vivía cuando era joven y cómo vivimos ahora. Fíjate en el ejemplo y añade, al menos, cuatro preguntas.

Pregunta 1. ¿A qué edad empezaste a trabajar? ¿Y tus amigos?
Pregunta 2. ¿Cuántos años solía vivir la gente?
Pregunta 3. ¿Cuántos hijos solía tener una mujer?

2. Describe las fotografías en tu cuaderno y organízalas en avances logrados y problemas por resolver.

1. AVANCES

2. PROBLEMAS

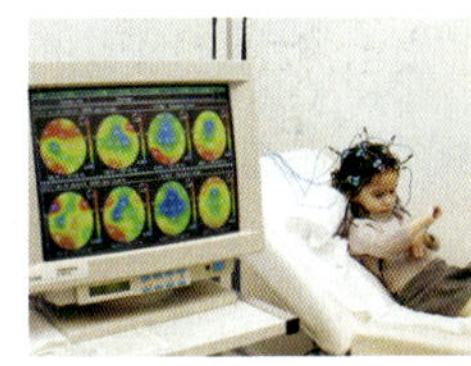

Los otros europeos

Algunos países europeos no están integrados en la Unión Europea por la decisión de sus gobiernos y de sus ciudadanos. Es el caso de Noruega, de Suiza y de varios microestados.

En otros casos, la incorporación no se ha producido porque los países aún no cumplen las condiciones sociopolíticas o económicas necesarias que exige la UE. Es el caso de Turquía o Islandia.

Calle de Suiza

Ciudadanos de Turquía

1. Dibuja un mapa político de Europa y nombra los países europeos que no forman parte de la UE.
2. Localiza en el mapa Mónaco, Andorra, Liechtenstein, Ciudad del Vaticano y San Marino. ¿Por qué se los llama microestados?
3. ¿Qué ventajas y derechos tendrían los ciudadanos de estos países si formaran parte de la UE?

Todos hacemos Europa

PROYECTO TRIMESTRAL
Descubrimos el arte

Artistas muy europeos

Muchos de los pintores más reconocidos de la Historia son europeos. Estos artistas retrataron los paisajes, las ciudades y las sociedades de nuestro continente a lo largo del tiempo. Por eso, sus obras son libros abiertos que cuentan nuestra historia común y reflejan nuestro arte.

Ernst Kirchner: *La Puerta de Brandemburgo*

La Puerta de Brandemburgo, en Berlín

Antonio López: *Gran Vía*

La calle Gran Vía, en Madrid

Claude Monet: *El Parlamento, efecto de niebla*

Vista del Parlamento de Londres sobre el Támesis

1. **En grupos, comparad las fotografías y las pinturas.**
   a) ¿Aparecen los mismos edificios en las pinturas y en las fotografías actuales de las ciudades? ¿Se parecen?
   b) Observad los edificios, las personas y los coches. ¿Se trata de zonas europeas con alta o baja densidad de población? ¿Por qué?
   c) ¿En qué áreas del continente europeo se concentra la mayor cantidad de población?

2. **Usad los mapas de Europa del libro y del *Atlas*:**
   a) ¿En qué tipo de relieve se asienta cada una de estas tres ciudades?
   b) ¿De qué país son capitales?
   c) ¿Cuándo entraron esos tres países en la Unión Europea?

3. **Monet y Kirchner vivieron la primera gran guerra europea y mundial del siglo xx. Antonio López era joven durante la Segunda Guerra Mundial que asoló Europa.**

   ¿Qué relación tuvieron esas guerras con el origen de la UE?

4. **En grupos, relacionad cada obra con uno de estos estilos artísticos:**

Expresionismo: estilo surgido en Alemania basado en el color. Los artistas usan los colores de forma libre y deforman la realidad para hacerla más expresiva. Las formas son angulosas.

Impresionismo: es un estilo de origen francés basado en la luz. Los pintores aplican manchas de pintura que forman los colores en el ojo del espectador.

Hiperrealismo: es un estilo basado en la gran calidad de la técnica. Los cuadros reflejan de manera fiel y detallista la realidad.

5. **Inventa un cuento a partir de uno de los cuadros.**
   a) La historia debe comenzar en el lugar representado.
   b) Dibuja tu propia interpretación del cuadro para ilustrar tu cuento.
   c) Con todos los cuentos, haced un libro para la biblioteca de aula.

unidad 5

La Edad Media

¡Qué importante es... apreciar las tradiciones!

Casi todos los productos que compramos hoy día se fabrican en industrias. Sin embargo, aún se elaboran algunos de forma tradicional, es decir, con las manos y en pequeños talleres. Estos productos artesanales requieren muchas horas de trabajo y una gran habilidad. ¡Es importante valorarlos!

Tarea final

Vamos a organizar un mercado medieval.

Constructores de catedrales

Los canteros se diferenciaban de los demás artesanos medievales por viajar constantemente, llamados por las autoridades de pueblos y ciudades. Como conocían las técnicas para levantar castillos, murallas e iglesias, sus condiciones de trabajo y sus salarios eran mejores que los de otros trabajadores. Tenían hasta treinta días festivos al año, además de los domingos. En verano eran capaces de trabajar doce horas seguidas, pero en invierno llegaban a detener las obras si hacía mal tiempo.

ISABEL BELMONTE: *Los pilares de la Tierra: la historia detrás de la novela.* Plaza & Janés Editores. Texto adaptado

◀ Catedral gótica de León.

Hablamos

1. **El texto describe el oficio del cantero medieval.**
   a) ¿En qué consistía su trabajo? ¿Crees que era un oficio importante?
   b) ¿Por qué los canteros viajaban tanto?

2. **Observa la imagen: en ella se representa la construcción de un edificio en el centro de una ciudad medieval.**
   a) ¿Cómo se llama el edificio? ¿Cuál era su función?
   b) Además de los canteros, este edificio lo construyeron otros artesanos, como los vidrieros. ¿Puedes señalar en qué partes trabajaron?
   c) ¿Qué otros oficios identificas en la ilustración?

1 El largo período medieval

Seguro que has oído hablar de los caballeros medievales, o has visitado algún castillo de esa época. Pero ¿sabes quién vivía en los castillos? ¿Y por qué luchaban los caballeros medievales?

¿Cuánto duró la Edad Media?

Las **invasiones de los pueblos germánicos** provocaron la caída del Imperio romano y el inicio del período medieval en **Europa**, que se extendió entre los **siglos v y xv**.

A lo largo de la Edad Media, los pueblos germánicos crearon reinos con rasgos culturales comunes, y que se consideraban cristianos. Los cristianos creen en un único Dios, predicado por Jesús de Nazaret, y en un libro sagrado: la Biblia.

Para estudiar mejor este largo período de diez siglos, los historiadores suelen dividirlo en **dos etapas**:

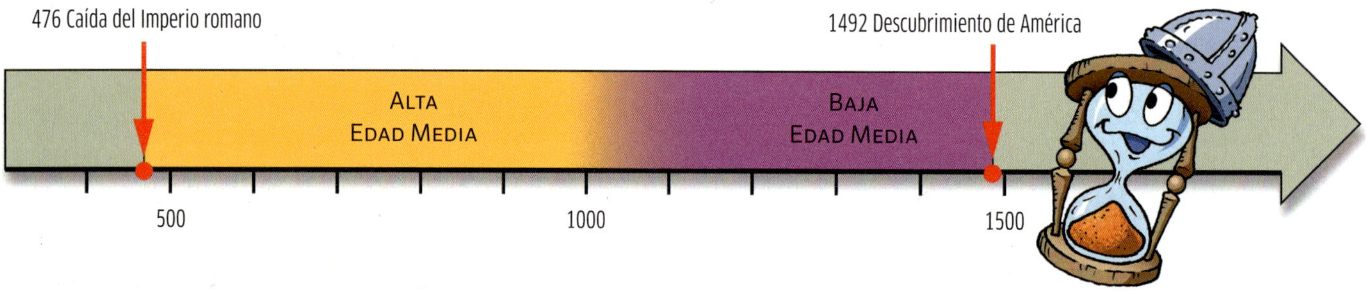

¿Sabías que...?

En la Edad Media, algunas personas llegaron a creer en seres extraños, como los dragones de las leyendas. En ocasiones, incluso se vendían cuernos de narval, un mamífero marino, como si fuesen de unicornio.

Alta Edad Media

Esta etapa empezó en el siglo v. Tras la caída de Roma, el territorio europeo quedó organizado en reinos fundados por los pueblos germánicos.

Estos pueblos vivían de la **agricultura** y la **ganadería**. Su sociedad estaba formada por unos pocos **nobles**, dueños de las tierras, y una mayoría de **campesinos** que trabajaban en ellas. Esta organización social se conoce como **sistema feudal**.

El noble vivía en el **castillo**, que vigilaba sus tierras, y los campesinos vivían en las aldeas de alrededor.

Baja Edad Media

Desde el siglo xii, se desarrolló el comercio y surgieron grandes ciudades, llamadas **burgos**. En ellas se originó un nuevo grupo social, la **burguesía**, formado por los comerciantes y los artesanos.

El **burgo** medieval se organizaba alrededor de una iglesia o una **catedral**, y de la plaza del **mercado**.

A finales de este período, los **avances científicos** y las **exploraciones** impulsaron un gran desarrollo cultural y el descubrimiento de América en 1492. Este hecho señala el final de la Edad Media.

¿Cómo se vivía en Europa?

En los reinos cristianos europeos se desarrolló un sistema de organización política, social y económica basado en la posesión de **feudos** o grandes extensiones de tierras.

En el **sistema feudal** la sociedad se dividía en grupos llamados **estamentos**, entre los que había grandes **desigualdades**. Los nobles y el clero eran los estamentos **privilegiados**, pues no pagaban impuestos. Recibían tierras del rey o de otro noble a cambio de su fidelidad y de apoyo militar. Los campesinos y los burgueses eran los **no privilegiados** y pagaban impuestos.

1. A cambio de tierras, los **nobles** se convertían en vasallos del **rey**.

2. El **clero** se dedicaba al cuidado de los enfermos y a la enseñanza.

3. Los **burgueses** eran artesanos y comerciantes.

4. Los **campesinos** no tenían privilegios y vivían en condiciones muy duras.

LA CEREMONIA DEL VASALLAJE

La **ceremonia** se iniciaba con la **investidura**: el rey acepta el juramento del vasallo y le entrega un feudo.

Después, en el **homenaje**, el vasallo, un noble, jura al rey fidelidad, ayuda militar y consejo.

- La **Edad Media** se extendió entre los siglos V y XV.
- La población medieval vivía en **feudos** dominados por un **castillo**. En la Baja Edad Media surgieron los **burgos**.

Actividades

1. Dibuja la línea de tiempo de la Edad Media en tu cuaderno y señala las etapas en que se divide. ¿Hace cuántos siglos que terminó este período?

2. Copia las columnas y relaciónalas.

Alta E. Media •	• ciudad •	• agricultura
Baja E. Media •	• feudo •	• comercio

Usa todos tus recursos

3. Busca en el *Atlas* el mapa de las invasiones germánicas del siglo V. ¿De dónde procedían estos pueblos?

4. smSaviadigital.com
PRACTICA Comprueba cuáles son las diferencias entre un feudo y un burgo.

5. Elabora un texto breve en el que expliques cómo vivía un campesino del año 1000 en Europa.

2 La llegada de los visigodos y los musulmanes

Palabras tan comunes como *ropa* o *tapa* son de origen germánico, y los números que usamos son árabes... ¿Desde cuándo los utilizamos?

¿Qué fue el reino visigodo de Toledo?

Los visigodos fueron uno de los pueblos germánicos que penetraron y se instalaron en el Imperio romano. Por su contacto con Roma, los visigodos adoptaron la lengua latina y el **cristianismo**.

Desde el siglo VI, expulsados por los francos, se adentraron en Hispania donde fundaron un **reino con sede en Toledo**. Este reino dominó la península Ibérica hasta comienzos del siglo VIII.

Los visigodos trabajaban el metal con maestría, como se aprecia en esta corona del rey Recesvinto.

¿Qué fue al-Ándalus?

Los **musulmanes** son los fieles que practican el **islam**. Estos creen en un único dios, Alá, y en su profeta Mahoma, que predicó el islam hasta su muerte en el siglo VII. Su libro sagrado es el Corán.

Tras la muerte de Mahoma los musulmanes partieron de Arabia y expandieron un **imperio islámico** hasta la India y el norte de África. En el año 711 cruzaron a la península Ibérica, donde vencieron a los visigodos y crearon **al-Ándalus**, un gran territorio musulmán desde el sur peninsular hasta las montañas del norte.

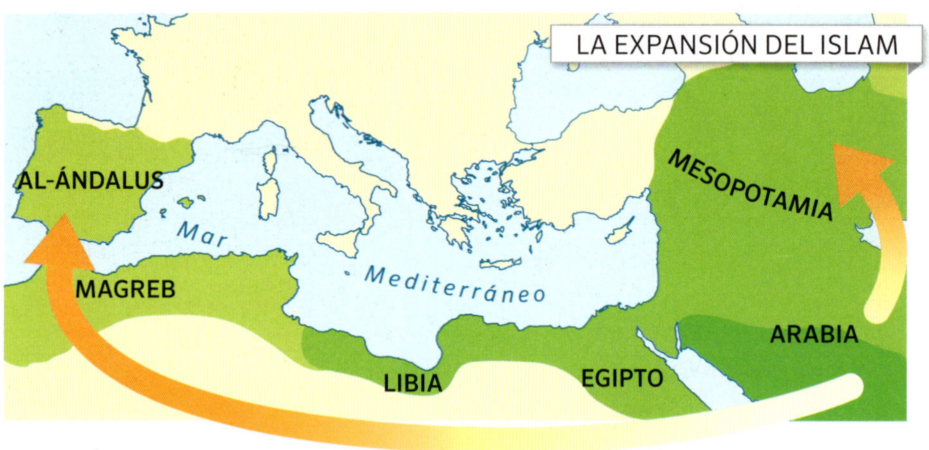

Trabaja con el mapa

6 ¿Por qué continentes se expandió el islam?

7 ¿Llegaron los musulmanes a tu localidad?

LA EVOLUCIÓN DE AL-ÁNDALUS

- 711-756. Tras derrotar al último rey visigodo, don Rodrigo, en la **batalla de Guadalete**, se funda una provincia del Imperio musulmán en al-Ándalus: el **emirato dependiente de Córdoba**. El emirato obedece al califa de Damasco, máximo líder religioso y político del Imperio.
- 756-929. El califa de Damasco y su familia son asesinados. Abderramán I sobrevive y huye a al-Ándalus. Aquí se proclama **emir independiente** del nuevo califa musulmán en las **cuestiones políticas**.
- 929-1031. El emir Abderramán III se proclama califa, y pone **fin a la obediencia religiosa** hacia el Imperio. El **califato de Córdoba** fue una época de esplendor cultural.
- 1031-1212. Las luchas internas acaban con el califato, que se divide en reinos llamados **taifas**. Nuevos ejércitos musulmanes llegan de África, pero son derrotados por los cristianos en las **Navas de Tolosa**.
- 1212-1492. Los cristianos continúan conquistando territorios musulmanes, hasta que en 1492 toman el último reino andalusí: el **reino de Granada**.

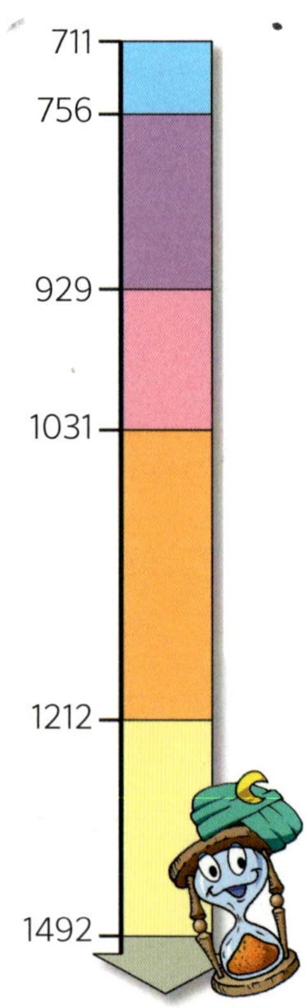

¿Cómo se vivía en al-Ándalus?

Al-Ándalus fue un importante **centro cultural** del mundo medieval. Sus sabios consiguieron grandes **avances científicos** en la medicina, la astronomía y las matemáticas, e introdujeron en Europa los **números** que utilizamos hoy día. Junto a la ciencia, tuvo una gran importancia la **literatura** andalusí, escrita en árabe.

En las ciudades andalusíes los edificios más importantes eran la **mezquita** y el **alcázar**. Además, el **zoco** o plaza del mercado era un lugar de reunión e intercambio de productos. En al-Ándalus se realizaban **grandes intercambios comerciales**, como los que permitieron la llegada del **papel** y la **pólvora** desde Asia hasta Europa.

En al-Ándalus se usaba el arco de herradura.

LA CIUDAD ANDALUSÍ

- El **reino visigodo de Toledo** se fundó tras la caída de Roma.
- El dominio musulmán sobre al-Ándalus se extendió entre los años **711** y **1492**.

Actividades

8 ¿Quiénes eran los visigodos? ¿Cómo llegaron a la península Ibérica? Observa su origen en el mapa de tu *Atlas*.

9 Completa en tu cuaderno la línea de tiempo con los principales períodos de al-Ándalus.

Usa todos tus recursos

10 ¿Qué edificios destacan en la ciudad andalusí? ¿Se conserva alguno en tu localidad?

- Copia el dibujo de la mezquita del *Atlas*.

11 Fíjate en el dibujo y escribe una redacción que cuente un día en una ciudad andalusí.

Párate a pensar

Como has visto, la Edad Media es una etapa muy larga de la Historia. Hasta ahora, hemos estudiado algunos de los pueblos que habitaron la península Ibérica durante el largo período medieval. ¿Qué has aprendido?

12 Copia y completa estas fichas en tu cuaderno.

Reino visigodo de Toledo

- ¿Qué pueblos invadieron el Imperio romano y provocaron su caída?
- ¿Cuál de ellos fundó su reino en Toledo al inicio de la Edad Media?
- ¿Por dónde accedió este pueblo a la península Ibérica? ¿Con qué habitantes se encontró al llegar?
- ¿Qué idioma tomó este pueblo de los romanos? ¿Y qué religión?

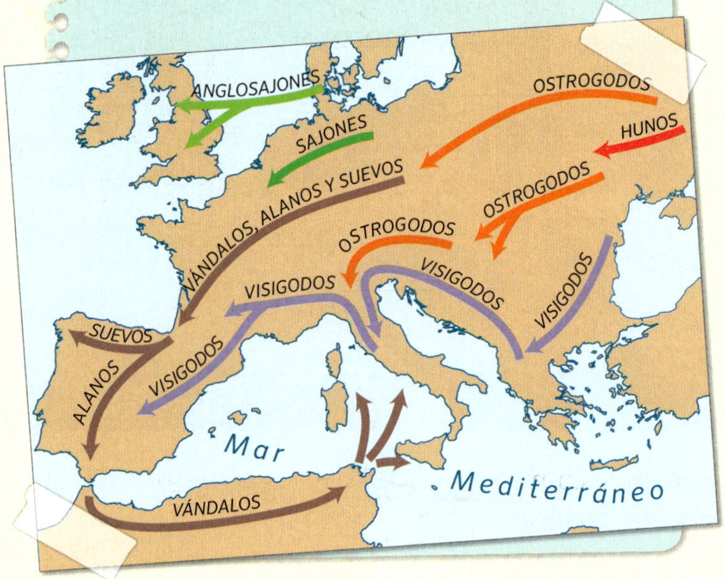

Al-Ándalus

- ¿Por dónde accedió a la península Ibérica el Imperio musulmán? ¿Con qué habitantes se encontró al llegar?
- ¿Cuándo llegaron los musulmanes, en la Alta o en la Baja Edad Media?
- Busca estos términos en el diccionario y anota sus definiciones.

califa | emir | taifa

- Relaciona las columnas en tu cuaderno:

Obediencia política y religiosa •	• *Califato independiente de Córdoba*
Fin de la obediencia política •	• *Emirato dependiente*
Fin de la obediencia religiosa •	• *Emirato independiente de Córdoba*

- ¿Qué idioma hablaban los musulmanes de al-Ándalus? ¿Cuál era su religión?
- ¿Qué comunidad autónoma española ha heredado el nombre de al-Ándalus?

13 Copia la tabla en tu cuaderno y complétala con la información de las fichas.

	Reino visigodo	Al-Ándalus
Acceso a la Península Ibérica	•••	•••
Periodización (siglos)	•••	•••
Lengua principal	•••	•••
Religión principal	•••	•••

14 Uno de los edificios mejor conservados de al-Ándalus es la mezquita de Córdoba. Conócela y aplica lo que sabes. Para ello, copia el siguiente texto en tu cuaderno y complétalo con los términos apropiados.

La mezquita es un edificio con una función •••. La religión de al-Ándalus era el •••. Sus fieles son los •••, y creen en un solo Dios, •••, y en su profeta, •••. En las mezquitas se estudia el libro sagrado del islam, llamado •••.

Las mayores mezquitas, como la de Córdoba, se construyeron en las grandes ••• de al-Ándalus, muy desarrolladas gracias al •••. En el arte hispanomusulmán se usaba el arco de •••.

- Corán
- herradura
- islam
- Mahoma
- religiosa
- Alá
- comercio
- ciudades
- musulmanes

La higiene en al-Ándalus

En al-Ándalus eran habituales los ritos musulmanes, como lavarse antes de cada una de las cinco oraciones diarias, o lavarse las manos y enjuagarse la boca antes y después de cada comida.

En las casas humildes, las personas se lavaban con un jarro y un recipiente; pero las más ricas contaban incluso con bañeras. Los palacios tenían hasta baños con vapor. Además, las ciudades contaban con baños públicos o *hammam*.

Fernando Díaz-Plaja: *La vida cotidiana en la España musulmana*. Edaf (texto adaptado)

Distribución de un *hamman*.

15 Investiga cómo era la higiene entre la población cristiana medieval y escribe en tu cuaderno las diferencias con la de los musulmanes.

16 ¿Por qué es tan importante la higiene para las personas?

3 Los nuevos reinos cristianos

Muchas comunidades autónomas deben su nombre a los reinos formados en la Península durante la Edad Media. ¿Es el caso de la tuya?

¿Cómo se formaron los reinos cristianos?

Tras la invasión musulmana, algunos **nobles visigodos** huyeron a las montañas del norte de la península Ibérica. Allí, junto a los pobladores astures, iniciaron un proceso de más de siete siglos de duración por el cual los reinos cristianos avanzaron hacia el sur y ocuparon los territorios andalusíes. Fue la llamada **Reconquista**.

En este proceso surgieron los llamados **reinos cristianos**, que experimentaron una compleja evolución.

¿Sabías que...?

Según la **leyenda**, durante la batalla de Covadonga el rey astur don Pelayo vio una cruz en el cielo, construyó una copia y la alzó. En ese instante, una lluvia de piedras cayó sobre el ejército musulmán.

La **Cruz de la Victoria** aparece hoy día en la bandera de Asturias.

LA EVOLUCIÓN DE LOS REINOS CRISTIANOS

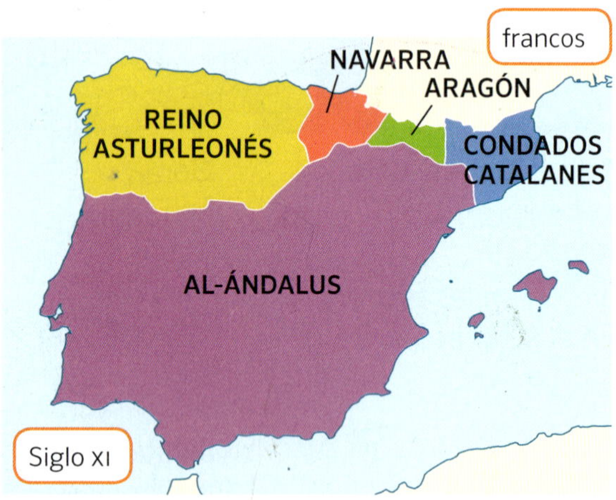

Una parte de los nobles visigodos huidos de la invasión musulmana crearon, junto con los pobladores astures del norte, el **reino de Asturias**. Su primer rey fue Pelayo, quien inició el avance hacia el sur contra al-Ándalus.

Luego este reino pasó a llamarse **reino de León**.

En el siglo X, el **condado de Castilla** se independizó del reino asturleonés y, un siglo más tarde, se constituyó como **reino**.

En 1230 se unieron los reinos de León y Castilla en la **Corona de Castilla** y, en 1469 el matrimonio de los Reyes Católicos unió las coronas de Castilla y Aragón.

El **condado de Portugal** se fundó en el año 868 dentro del reino de Asturias. En 1139 se convirtió en un reino independiente, el **reino de Portugal**.

El **reino de Pamplona-Navarra** vivió su esplendor con el rey Sancho III el Mayor, quien, en el siglo XI, dominó los territorios de Aragón y Castilla.

Sin embargo, este reino caería en poder de la Corona de Castilla en el año 1512.

Los **condados catalanes** formaban parte del territorio de la **Marca Hispánica** que los francos dominaban en los Pirineos. En el siglo X, el conde Borrell II de Barcelona logró la independencia.

El **condado de Aragón** estuvo bajo el control de los francos hasta establecerse como **reino** en el siglo XI.

En 1164 Aragón y el condado de Barcelona formaron la **Corona de Aragón**, a la que se unieron en el siglo XIII **Mallorca** y **Valencia**. En el siglo XV la Corona de Aragón se unió a la Corona de Castilla.

¿Cómo se vivía en los reinos cristianos?

La mayoría de la población de los reinos cristianos peninsulares vivía de la **agricultura** y la **ganadería ovina**. A diferencia de lo que sucedía en al-Ándalus, el **comercio** era muy **limitado**.

En su avance hacia el sur, los reinos del norte se vieron en la necesidad de repoblar los territorios tomados a los musulmanes. La **repoblación** proporcionó tierras y benefició a diferentes grupos sociales:

1. Los **reyes** aumentaban los territorios sobre los que ejercían su poder y conseguían nuevos vasallos.

2. Los **nobles** recibían nuevas tierras y con ellas crecían su prestigio y sus riquezas.

3. Los **monjes** fundaban monasterios y predicaban el cristianismo en los nuevos territorios.

4. Los **campesinos** que repoblaban un territorio conseguían tierras propias que podían trabajar.

Para la repoblación era importante **defender los territorios** y evitar nuevas invasiones. Por ello, los cristianos que se instalaron en ciudades andalusíes conservaron el alcázar y las murallas y, en las ciudades nuevas levantaron murallas y castillos.

Durante la **Baja Edad Media** crecieron las ciudades y en ellas apareció un nuevo grupo social formado por artesanos y comerciantes: la **burguesía**.

- Tras la invasión musulmana, en el norte peninsular surgieron los **reinos y condados cristianos**.
- La **repoblación** de los territorios musulmanes supuso **beneficios** para los estamentos privilegiados y no privilegiados.

Actividades

17 ¿Cuál fue el primer reino cristiano que surgió tras la conquista musulmana?

18 ¿Cuál era el reino que ocupaba mayor territorio peninsular en el siglo XIV? ¿Por qué?

19 ¿A qué reinos cristianos ha pertenecido tu localidad? ¿Cuándo se produjo la conquista?

Usa todos tus recursos

20 Sitúa a los personajes de esta página en una pirámide de la sociedad feudal.

21 Observa el burgo medieval de la *página 141* y compáralo con la ciudad andalusí. Establece algunos elementos comunes.

4 La cultura en los reinos cristianos

Durante siglos se ha pensado que la Edad Media fue una época oscura y difícil, debido a las guerras o a enfermedades como la peste. Sin embargo, también fue una época de **avances culturales presentes aún en nuestras vidas**.

¿Por qué ya no hablamos latín?

En los reinos cristianos solo el **clero** y la **nobleza** dominaban el latín, especialmente el clero, que era el estamento más culto y conservaba grandes **bibliotecas** en sus monasterios.

El resto de la población hablaba un latín vulgar que evolucionó, se mezcló con lenguas europeas y dio lugar a otras nuevas, como el catalán, el gallego, el francés o el rumano. Estas nuevas lenguas se llaman **lenguas románicas**, y la más hablada en el mundo hoy en día es el castellano.

Con el tiempo las nuevas lenguas se impusieron al latín también entre los más cultos, y se escribieron obras tan importantes como el ***Cantar de Mio Cid***.

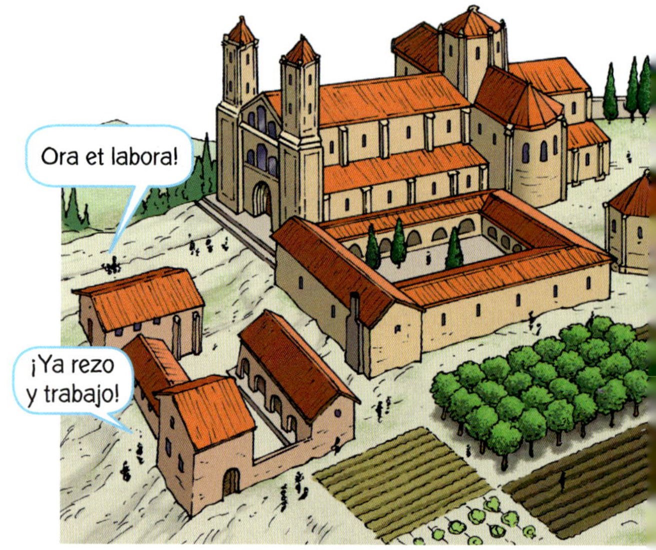

Los monasterios medievales eran los centros culturales de la época. Todos contaban con estancias comunes como la iglesia, el claustro o la biblioteca. Puedes conocer todas las partes de un monasterio de la Edad Media en tu Atlas.

Una cultura muy religiosa

La sociedad cristiana era muy religiosa. Además de numerosos **monasterios** para el clero, en cada aldea y ciudad se construía una **iglesia** de pequeño tamaño o una gran **catedral**.

Las iglesias se decoraban con **esculturas y pinturas** de historias sagradas, que los fieles menos cultos podían entender como en un libro ilustrado.

Las **normas** para construir las imponía la Iglesia y eran muy estrictas. Los dos estilos principales fueron el **románico** y el **gótico**.

¿Sabías que...?

El arte románico y las lenguas románicas tienen sus raíces... ¡en los romanos! Las lenguas románicas vienen del latín, y el arte románico usa el arco romano de medio punto.

EL ARTE MEDIEVAL

El arte **románico** es propio de finales de la Alta Edad Media. Se puede ver en **iglesias** pequeñas y en grandes templos para **peregrinos**, como Santiago de Compostela.

El arte **gótico** se desarrolló en las ciudades de la Baja Edad Media. El dinero del comercio permitió la construcción de grandes **catedrales**, como las de Burgos o León.

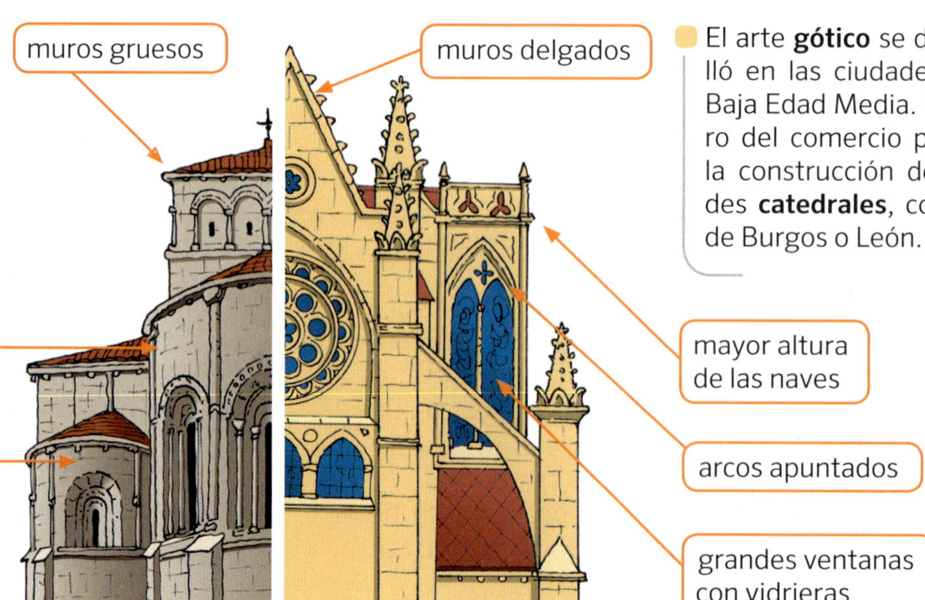

¿Qué era y qué es el Camino de Santiago?

En el siglo IX se desenterraron en Galicia unos restos humanos que se relacionaron con uno de los primeros cristianos, el apóstol **Santiago**.

Para los astures el hallazgo era una señal a favor de su **lucha contra los musulmanes**, por lo que los monarcas encargaron la construcción de una iglesia. Pronto miles de **peregrinos** llegaron de Europa para adorar al santo que albergaba la nueva construcción.

En las rutas que seguían los peregrinos se construyeron **grandes iglesias** de peregrinación para rezar, así como albergues para dormir. En sus viajes, estas personas traían la cultura de sus países, y gastaban dinero en los lugares de paso. Por ello se produjo un gran desarrollo en las ciudades situadas a lo largo del camino.

Así nació el **Camino de Santiago**, que pervive hasta nuestros días, y que es considerado un camino cultural mundial. En él se une una tradición milenaria con la visita a grandes **monumentos y obras de arte**.

Recorrer el Camino de Santiago permite visitar obras de arte y divertirse.

- En los reinos cristianos nacieron las lenguas románicas, derivadas del latín.
- En el arte cristiano medieval destacaron los estilos **románico** y el **gótico**.
- El **Camino de Santiago** produjo un desarrollo económico y cultural.

Actividades

22. ¿Qué es una lengua románica? ¿Hablas alguna?

23. Indica tres características del arte cristiano medieval.

24. Observa en el mapa. Señala qué ruta del Camino de Santiago es la más cercana a tu localidad. Busca otras rutas en tu *Atlas*.

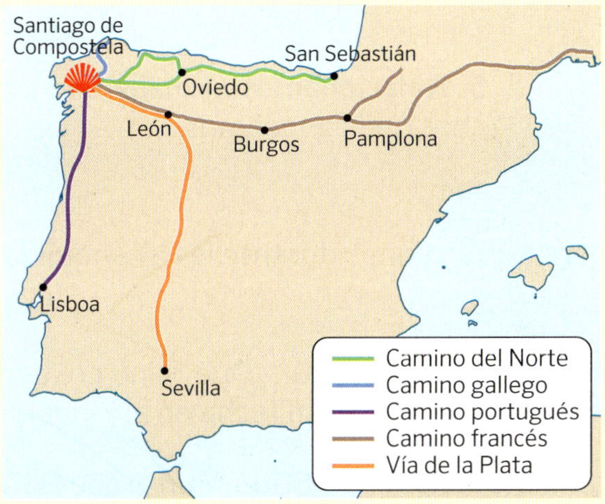

Usa todos tus recursos

25. smSaviadigital.com
PRACTICA Observa las características del románico y el gótico y señala a qué estilo pertenecen estos ejemplos.

a 

b 

26. Averigua si conoces alguien que haya hecho el Camino de Santiago. Si es así, entrevístale y cuenta su experiencia a la clase.

27. ¿Existe alguna iglesia medieval en tu localidad? ¿Pertenece a alguno de los estilos que has estudiado? ¡Visítala y averígualo!

5 Una época de guerra y convivencia

Pese a las grandes batallas entre los musulmanes y los cristianos, los avances de unos y otros provocaron un **encuentro entre culturas**. Los conquistadores encontraban al llegar habitantes con costumbres y religiones distintas. ¿Sabes de qué culturas se trataba?

¿Qué culturas convivían?

Las tres culturas más extendidas en la península Ibérica en la Edad Media eran los **musulmanes**, los **cristianos** y los **judíos**. Las tres se respetaban porque compartían una gran religiosidad, creían en un solo dios, y tenían un libro sagrado.

- En **al-Ándalus**, la **población musulmana** llegada de África y Asia convivía con los **muladíes**, que eran los hispanorromanos y visigodos convertidos al islam. También convivían con los cristianos, llamados **mozárabes**, y con los **judíos**.
- En las **ciudades cristianas** conquistadas a al-Ándalus residían los **cristianos** con **judíos** y musulmanes, llamados **mudéjares**.

UNA ESCUELA DE TRADUCTORES

En Toledo se creó la Escuela de Traductores, en la que sabios musulmanes, judíos y cristianos traducían textos antiguos y compartían sus costumbres.

Taller de Historia

LOS SIGLOS DE LA RECONQUISTA

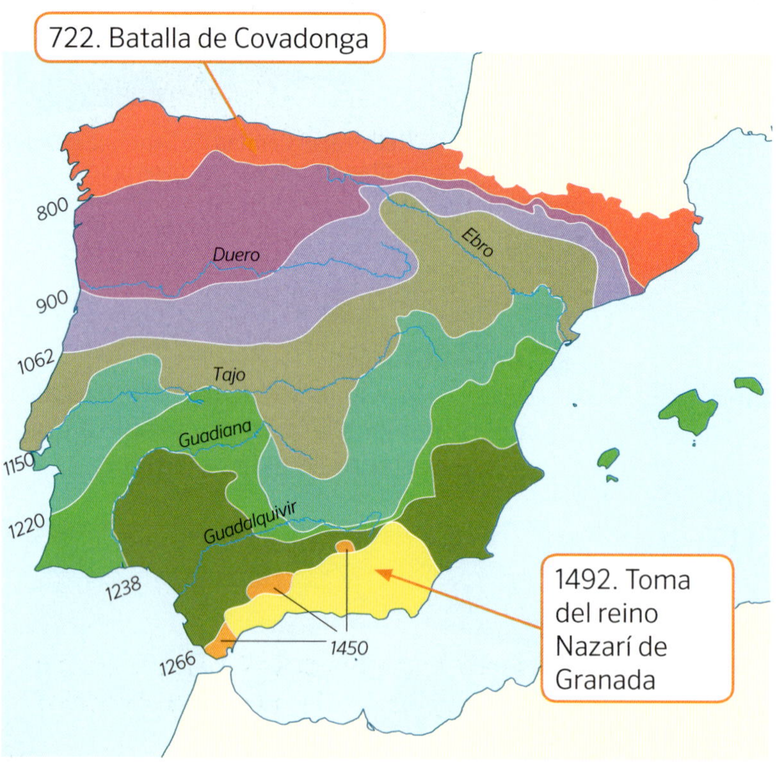

¿Sabes leer un mapa histórico?

Sigue estos pasos para analizar un mapa histórico:

1. La geografía. Este mapa muestra los territorios de la península Ibérica; en él se incluyen los principales ríos.

2. La cronología. El mapa se refiere a la Reconquista que comienza en el año 722 y finaliza en 1492.

3. Los hechos. En el mapa se destacan la batalla de Covadonga y la toma de Granada.

4. Otros datos. Este mapa no lleva leyenda, pero sí colores. Cada color representa un período de los avances de la Reconquista y se relaciona con unas fechas.

5. Relacionamos el mapa con los hechos que conocemos.

28 Según el mapa, ¿en qué dirección avanzaron los ejércitos cristianos durante la Reconquista?

a) De norte a sur. b) De sur a norte.

29 ¿Hasta qué accidente del relieve avanzó la Reconquista en el año 900? ¿Qué reino cristiano era el más poderoso en el año 900? ¿Qué tipo de gobierno había en esa fecha en al-Ándalus?

30 ¿A qué cultura pertenecía tu comunidad autónoma entre los años 722 y 800? ¿Y en el año 1150?

¿Por qué acabó la convivencia?

A pesar de la convivencia durante siglos, también hubo **momentos de tensión** entre las tres grandes culturas, provocados en muchos casos por el **desconocimiento**, y en otros por los **intereses** económicos y políticos.

Con el tiempo creció especialmente la **desconfianza** de los cristianos hacia los musulmanes y judíos, a quienes llegaron a acusar en muchos casos de contagiar enfermedades y de empobrecer a los cristianos.

Esta desconfianza y el proceso de la Reconquista terminaron con la convivencia de las tres culturas:

- En **1492** los ejércitos de Isabel de Castilla y Fernando de Aragón, los **Reyes Católicos**, tomaron el último reino musulmán de la península Ibérica: el **reino nazarí de Granada**. La toma de Granada marcó el **fin de la Reconquista** y de la convivencia entre reinos cristianos y musulmanes.
- También en 1492, los Reyes Católicos decretaron la **expulsión de los judíos** de sus territorios.

> ▶ **Cristianos, judíos y musulmanes convivieron** en la Península Ibérica durante siglos.
>
> ▶ Por diferentes motivos, los **judíos** fueron **expulsados** de la Península en 1492. En esta fecha fue derrotado también el **último territorio musulmán** en la Península, el reino de Granada.

En Granada se conserva el gran alcázar nazarí de la Alhambra.

Actividades

31 ¿Qué hecho puso fin al proceso llamado Reconquista?

32 ¿Qué construcciones defensivas construían tanto musulmanes como cristianos para proteger sus territorios?

33 Explica quiénes eran estas personas, en qué reinos vivían y con quiénes convivieron:

mudéjar | mozárabe | muladí

Usa todos tus recursos

34 Observa las partes de la Alhambra en la *página 140*. ¿Qué te llama más la atención?

35 ¿Conviven varias culturas en tu localidad? Cuenta en una redacción las ventajas y los problemas de esta convivencia.

36 smSaviadigital.com
COMPRENDE Conoce el arte de algunas de las culturas medievales en la Península Ibérica.

Organiza tus ideas

LA EDAD MEDIA
- es el período de la Historia que se extiende entre los siglos •••.
- se divide en... •••.
- se caracterizó por... •••.

EN LA PENÍNSULA IBÉRICA

- **EL REINO VISIGODO DE TOLEDO**
  - Los visigodos eran de origen •••, pero adoptaron las costumbres •••.
- **AL-ÁNDALUS**
  - En el año •••, llegaron los musulmanes desde el norte de •••. Su presencia terminó en el año •••.
  - Sus mayores aportaciones fueron •••.

- **REINOS CRISTIANOS**
  - Surgieron de las poblaciones del norte y de los ••• huidos del territorio musulmán.
  - Iniciaron la ••• de al-Ándalus.
  - En ellos nacieron las lenguas ••• y los estilos artísticos ••• y •••.

Trabaja con el esquema

37 Copia y completa el esquema en tu cuaderno.

38 Completa este texto en tu cuaderno. Utiliza para ello la información del esquema.

> La Edad Media se extendió entre los siglos ••• y •••. En Hispania comenzó con la invasión del pueblo ••• que dio lugar al reino •••.
>
> Más tarde, los ••• llegados de África crearon •••. Los reinos cristianos del norte y al-Ándalus lucharon por los territorios de la Península Ibérica durante siglos en un proceso llamado •••.

39 Define en tu cuaderno estos conceptos:

al-Ándalus — Reconquista — lenguas romances

40 Con ayuda del esquema, encuentra los errores en las oraciones. Escríbelas de forma correcta en tu cuaderno:

a) Los visigodos fundaron el reino de Valencia.

b) Los estilos románico y gótico surgieron en al-Ándalus.

c) Los musulmanes llegaron a la península Ibérica a principios del siglo IX.

41 Relaciona cada término con uno de los reinos peninsulares de la Edad Media.

mudéjar — germánico — mezquita — muladí — Rodrigo — condados catalanes — zoco — islam — califato — catedral — feudalismo

Reino visigodo	Al-Ándalus	Reinos cristianos
•••	•••	•••

Repasa la unidad

42 Define los siguientes términos.

sistema feudal · islam · repoblación · Camino de Santiago · burguesía · alcázar

43 Copia estas columnas y une con flechas cada período con su fecha de inicio.

Emirato dependiente	929
Reinos de taifas	711
Califato de Córdoba	756
Emirato independiente	1031

44 Observa la ilustración medieval y contesta:

a) ¿Qué ceremonia se está celebrando? ¿Qué intercambiaban sus protagonistas?

b) ¿A qué estamento pertenecían? ¿Por qué?

45 Responde en tu cuaderno a las siguientes cuestiones:

a) ¿A qué estilo artístico crees que pertenece este edificio?

b) Enumera tres características que lo describan.

46 Copia el mapa de la península Ibérica en el siglo XIV y nombra los reinos. Escoge un reino y explica su evolución durante la Edad Media.

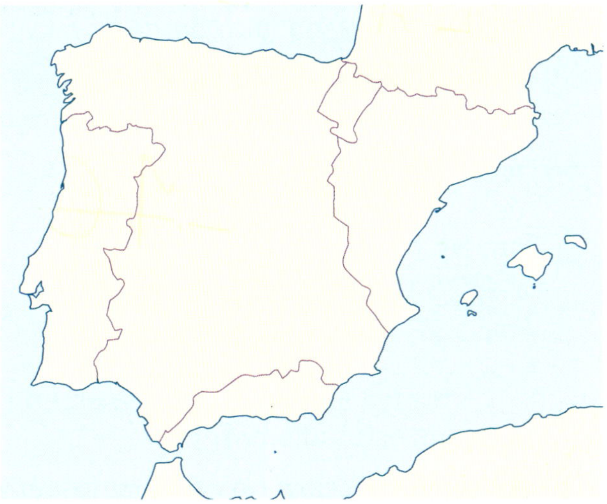

47 Resuelve la adivinanza.

Me habitan nobles, domino las tierras
y estoy hecho de piedras.
Si eres persona invitada,
accedes por la entrada;
si no eres bienvenido,
en el foso quedas retenido.

48 Lee el texto y responde a las cuestiones:

> [Anteriormente] Nos mandamos apartar a los judíos en todas las ciudades y villas, dándoles juderías y lugares apartados.
>
> Ahora acordamos mandar salir a todos los judíos de nuestros reinos, que jamás vuelvan; y mandamos que salgan todos, bajo pena de muerte.
>
> Decreto de expulsión de los judíos de Aragón y Castilla, 1492. Texto adaptado.

a) ¿Qué decisión toman los Reyes Católicos? ¿Qué causas conoces de ese hecho?

b) Este texto se escribió en castellano. ¿De qué lengua procedía?

49 smSaviadigital.com
COMPRENDE Visita la judería de Toledo. ¿Cuáles eran los principales edificios? ¿En cuál de ellos rezaban?

smSaviadigital.com
VALORA LO APRENDIDO Comprueba lo que sabes en la **autoevaluación**.

Ponte a prueba

Un origen común

En tiempos del Imperio romano se hablaba latín desde la península Ibérica hasta Mesopotamia, pero en la Edad Media, ya habían aparecido las lenguas románicas, origen de lenguas como el castellano, el catalán o el gallego. ¡Comprueba su origen latino!

LATÍN	ESPAÑOL	ITALIANO	FRANCÉS	RUMANO
aqua	agua	acqua	eau	apa
civis	ciudadano	cittadino	citoyen	catatean
populus	pueblo	popolo	peuple	popoi
nox	noche	notte	nuit	noapta
sal	sal	sale	sai	sare
turris	torre	torre	tour	turn

1. Observa la tabla. ¿Qué tienen en común estos idiomas?
2. Usa un diccionario y traduce los términos latinos *frigidus*, *lux* y *liber* al castellano y al inglés. ¿Crees que el inglés es una lengua románica?
3. Explica de forma breve por qué es importante poder comunicarse en varios idiomas.

La alimentación en la Edad Media

En la Edad Media no había neveras. Tampoco se preocupaban tanto por la higiene, y las personas, nobles o campesinos, comían y se limpiaban con las manos... ¡No conocían el tenedor ni las servilletas!

Además, existían grandes diferencias entre los grupos sociales. Los más pobres comían sobre todo pan, verduras y hortalizas. La carne, los huevos y el pescado estaban reservados para los estamentos privilegiados.

En la península Ibérica, además, había diferencias entre culturas. Por ejemplo, los musulmanes y los judíos no consumían carne de cerdo, que sí estaba en la dieta de los cristianos. Además, los cristianos cocinaban con grasa animal, mientras que los musulmanes lo hacían con aceite de oliva.

Campesinos:
- cereales
- verduras
- hortalizas
- poca carne

Privilegiados:
- mucha carne
- huevos
- pescado

1. ¿Qué diferencias existían en la alimentación de los tres grupos culturales que vivían en la península Ibérica durante la Edad Media? ¿Cuáles eran las semejanzas?
2. ¿Se parece tu alimentación a alguna de las existentes en época medieval? ¿En qué?

El vestido en la Edad Media

En la Edad Media, el vestido protegía del mal tiempo, pero también diferenciaba los grupos sociales. Observa los distintos tipos de vestimentas de estas ilustraciones medievales:

Los nobles

Vestían largas túnicas de mangas ajustadas confeccionadas con ricas telas, como la seda, y teñidas con tintes muy caros. Se protegían del frío con mantos de pieles lujosas que colocaban sobre sus túnicas. Encargaban su ropa a sastres profesionales.

Los campesinos

Vestían sobre todo con prendas de lana sin teñir. En invierno, utilizaban además una prenda hecha con piel de cordero, zorro o gato para protegerse del frío. Las mujeres cosían las ropas en el hogar.

1. Enumera las diferencias entre las vestimentas de los nobles y las de los campesinos en la Edad Media.
2. Además de por la alimentación y la vestimenta, ¿en qué se diferenciaban los distintos grupos sociales que vivían en la Edad Media?

Tarea final Un mercado medieval

PASO 1 Elabora una ficha sobre un alimento, vestido o producto de higiene medieval. Incluye el nombre, cómo se fabricaba y para qué servía. Añade una foto o un dibujo del producto.

PASO 2 Una vez listas todas las fichas, pegadlas en una cartulina agrupadas según el tipo de producto que describen: comida, ropa, productos de higiene... Pegad vuestra ficha en la zona correcta.

PASO 3 Con las fichas colocadas, decorad la cartulina como si fuese un mercado, con sus personajes, calles, etc.

PASO 4 ¡Ya tenéis un mercado medieval! Haced fotos y guardadlas en un CD.

Visita al mercado, alumnos de 5º B

smSaviadigital.com
VALORA LO APRENDIDO ¿Cómo has trabajado en esta **tarea**?

unidad

6 La Edad Moderna

¡Qué importante es... buscar y proponer soluciones!

En la Edad Moderna el interés por el conocimiento permitió que aparecieran ingeniosas invenciones y que se hicieran descubrimientos antes impensables.

Tarea final

Elaborad un juego de mesa para completar una vuelta al mundo.

¡El mapa que cambió el mundo!

"Las rayas que van a lo largo muestran la distancia de oriente a occidente; las otras que están de través muestran la distancia de septentrión a austro".

Cristóbal Colón escribió esta carta a los Reyes Católicos. En ella explicaba que había dibujado un nuevo planisferio para viajar a las tierras que había hallado.

Se trataba de un mapa portulano.

En estos mapas los puertos ("portus" en latín) están unidos con líneas rectas que señalan a los puntos cardinales. Los navegantes pueden así orientarse por el mar, con ayuda de su brújula y de las estrellas.

Hablamos

1. Colón llama a los puntos cardinales con nombres poco habituales: oriente, occidente, septentrión y austro. Lee las pistas y adivina cuál de ellos es el este y cuál es el sur.
   a) Oriente: por allí sale el Sol y se dice que de allí llegan ciertos Reyes Magos.
   b) Austro: allí se encuentra Australia, claro, pero también África y una parte de América.

2. Observa con atención la imagen. ¿Qué crees que representa? ¿Qué están haciendo los marineros que aparecen en la cubierta de la embarcación? ¿De qué continente han partido? ¿A cuál están llegando?

1 El mundo moderno

¿Alguna vez te has preguntado por qué todos los compañeros de clase tenéis los libros de texto exactamente iguales? ¿Qué invento permite fabricar varios libros iguales al mismo tiempo? ¡Descúbrelo!

Los artistas de la Edad Moderna, como **Leonardo da Vinci** y **Miguel Ángel**, estudiaron durante años las **esculturas griegas y romanas** para intentar representar el ideal de belleza del **cuerpo humano**.

¿Por qué empezó la Edad Moderna?

Desde mediados del siglo XV, grandes cambios anunciaron el paso de la Edad Media a la **Edad Moderna**:

- **Cambios culturales.** En 1449, Johannes Gutenberg inventó la **imprenta**, un método mecánico para reproducir los libros, que abarataba mucho su precio y permitía a más gente comprarlos. Así, los sabios del momento, llamados **humanistas**, pudieron leer muchos textos de las antiguas Grecia y Roma. Gracias a este **Renacimiento** de la Antigüedad, se hicieron progresos **científicos y culturales**.
- **Avances en la navegación.** Inventos recientes como los mapas portulanos, el astrolabio y la brújula permitieron navegar con mayor seguridad. Los nuevos barcos eran más veloces gracias a sus grandes velas, y en sus bodegas cabían más víveres. Estos avances facilitaron los viajes largos, el **comercio** con territorios lejanos e incluso el descubrimiento de **nuevas rutas y continentes**.
- **Cambios políticos.** Los reyes europeos consiguieron un gran poder territorial y político gracias a la ampliación de sus ejércitos y del número de funcionarios. Estas **monarquías autoritarias** necesitaban grandes sumas de oro para mantenerse, por lo que también fomentaron el **comercio** y los **descubrimientos** de nuevas tierras.
- **Cambios sociales.** La sociedad continuaba dividida en estamentos **privilegiados**, como los nobles y el clero, y **no privilegiados**, como los mendigos, los artesanos, los campesinos y los burgueses. Sin embargo, en la Edad Moderna la nobleza perdió poder ante la monarquía autoritaria, y algunos **burgueses** acumularon **fortunas** mayores que las de los propios nobles.

Trabaja con la ilustración

1. Dibuja una pirámide social dividida en privilegiados y no privilegiados. Distribuye en ella los personajes de la ilustración.

Las etapas de la Edad Moderna

1. **El siglo XVI y el Renacimiento.** Se recobra el interés por **Grecia y Roma,** y se forman las **monarquías autoritarias**.

2. **El siglo XVII y el Barroco.** Es un período de **crisis**, pero también de desarrollo cultural.

3. **El siglo XVIII y la Ilustración.** La monarquía tiene un **poder absoluto**, pero hace reformas que **modernizan los países**.

- La **Edad Moderna** fue un período de grandes descubrimientos, desarrollo comercial y esplendor cultural.
- El período se divide en **tres etapas**: el Renacimiento, el Barroco y la Ilustración.

sm**Savia**digital.com
JUEGA Y APRENDE ¿Qué sabes de la **Edad Moderna**?

Actividades

2 ¿Qué cambios dieron comienzo a la Edad Moderna?

En la *página 142* de tu libro puedes conocer a fondo uno de los avances más importantes del período: la carabela.

3 Dibuja y completa la línea del tiempo de la Edad Moderna en tu cuaderno. ¿Hace cuántos siglos finalizó el período?

4 Completa esta tabla sobre la Edad Moderna.

Siglo	Nombre del período	Características
●●●	●●●	Humanismo
XVII	Barroco	●●●
●●●	●●●	●●●

Usa todos tus recursos

5 sm**Savia**digital.com
PRACTICA Una **sociedad moderna**.

2 Los Reyes Católicos

¿Sabes cómo pasó la península Ibérica de ser un conjunto de reinos durante la Edad Media, a estar dividida, como hoy día, en Portugal y España?

¿Quiénes fueron los Reyes Católicos?

La unión entre los reinos peninsulares que dominaban la península Ibérica a finales del siglo xv fue realizada por Isabel I de Castilla y Fernando II de Aragón. Con su matrimonio en 1469, se unieron las coronas de ambos territorios.

A pesar de esa alianza entre las dos dinastías, los territorios de Castilla y Aragón mantuvieron **leyes, instituciones y monedas distintas** durante el reinado de los **Reyes Católicos**.

¿Por qué ya no eran reyes medievales?

Los Reyes Católicos fueron el primer gran ejemplo de **monarquía autoritaria**. Su poder se consolidó al reducir el de la nobleza. Así, organizaron una administración propia que controlaba sus territorios y un ejército moderno que los protegía.

Además, los Reyes Católicos **finalizaron la Reconquista** con la toma de Granada, y expandieron sus relaciones y territorios en el extranjero casando a sus hijos con los principales herederos de **Europa**.

EL HUMANISMO Y LA REINA

En 1492 se publicó la **primera gramática del castellano**, obra del humanista **Antonio de Nebrija**. El autor se la dedicó a Isabel I por su interés por la cultura: la reina hablaba varios idiomas, creó una biblioteca real e impulsó el arte renacentista y los estudios superiores.

LOS TERRITORIOS DE LOS REYES CATÓLICOS

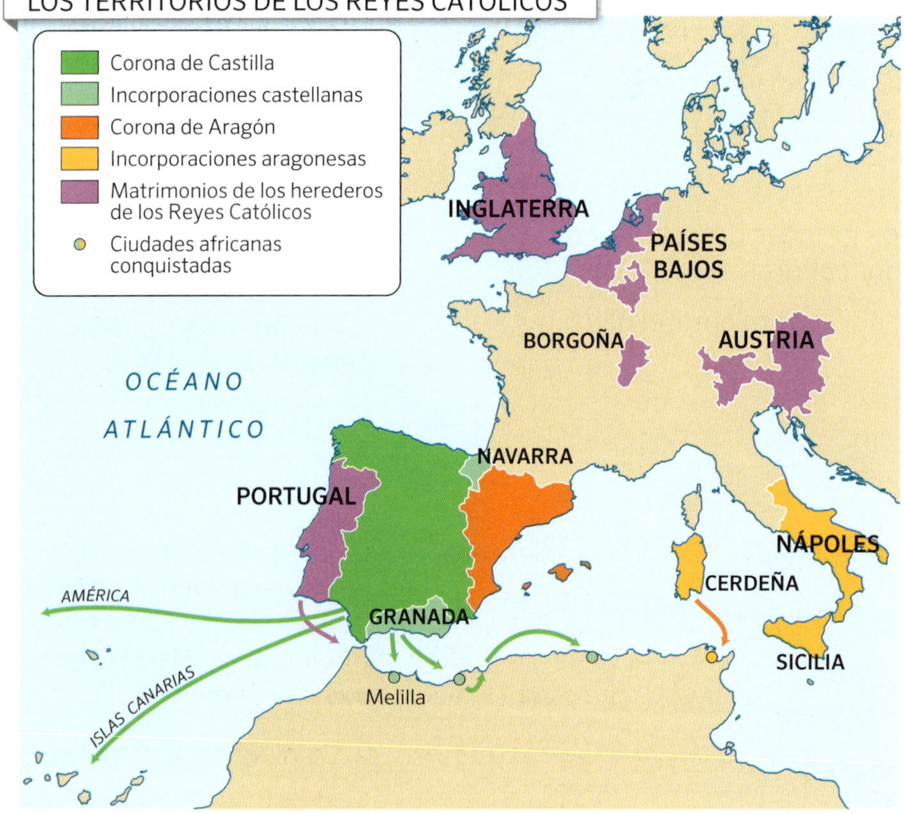

1. El **matrimonio** entre Isabel y Fernando unió las **coronas de Castilla y de Aragón** en 1469.

2. **Castilla** tomó **Granada** en 1492. La expulsión de los **judíos** reforzó la unidad religiosa del catolicismo.

3. **Castilla** y, sobre todo, **Aragón**, se extendieron por el **Mediterráneo**.

4. **Castilla** finalizó la conquista de las **Canarias**, y en 1492 llegó a **América**.

5. **Castilla** incorporó el reino de **Navarra** a su corona en 1512.

6. Los reyes emparentaron a sus hijos con **otros reyes europeos** a través del matrimonio.

Trabaja con el mapa

6 Observa la península Ibérica a finales del siglo xv y explica la unión dinástica de los Reyes Católicos.

¿Cómo se descubrió América?

Los avances en la navegación permitieron a los marinos portugueses y castellanos buscar **nuevas rutas** para comerciar. Muchos de ellos buscaban vías para llegar a **las Indias**, unos territorios asiáticos ricos en especias como la pimienta o la canela.

El navegante **Cristóbal Colón** pensó que podría llegar a Asia cruzando el océano Atlántico, y pidió ayuda a Isabel de Castilla para intentarlo. Colón partió hacia el océano desconocido con los barcos, la tripulación y los materiales recibidos de los Reyes Católicos. El 12 de octubre de 1492, tras setenta días de navegación, el navegante halló un **Nuevo Mundo**: **América**.

Colón **volvió tres veces** a América, pero siempre pensó que estaba en las Indias. Por ello llamó **indios** a sus habitantes.

EL DESCUBRIMIENTO DE AMÉRICA

LOS PRIMEROS CONQUISTADORES DE AMÉRICA

En América vivían **mayas**, **aztecas** e **incas**, que fueron obligados a trabajar en **condiciones muy duras**.

Los **españoles** se enriquecieron con el oro, la plata y el comercio, y fundaron **villas y ciudades**.

- Los **Reyes Católicos** gobernaron Castilla y Aragón.
- Durante su reinado, en 1492, se finalizó la Reconquista.
- También en 1492 Cristóbal Colón descubrió América, donde existían las **civilizaciones inca**, **maya y azteca**.

Actividades

7 Copia la línea de tiempo del reinado de los Reyes Católicos y coloca los acontecimientos en el lugar correcto.

Descubrimiento de América - Matrimonio
Incorporación de Navarra - Toma de Granada

1469 — 1492 — 1512

8 ¿Por qué se usó el término "indios" para designar a los nativos americanos?

Usa todos tus recursos

9 Castilla y Aragón mantuvieron leyes, instituciones y monedas distintas. ¿Cuál es la moneda de España hoy día? ¿Es la misma en todo el país? ¿Y en toda Europa?

10 ¿Hacia qué punto cardinal se dirigieron las naves de Colón?

11 sm**Savia**digital.com
PRACTICA Descubre la relación entre los Reyes Católicos y **América**.

3 La Monarquía Hispánica del siglo XVI

¿Qué país europeo dio nombre a una dinastía de reyes de la península Ibérica?

¿De dónde vienen los Austrias?

Carlos de Habsburgo era nieto de los Reyes Católicos, y heredó de su madre Juana I los territorios de las **coronas de Castilla y Aragón**.

Carlos era también nieto del emperador de la casa de Austria, por lo que heredó también varios territorios en **Europa central** y fue elegido **emperador de Alemania** en 1519.

Durante su reinado, Carlos I sufrió **rebeliones** en Castilla y Aragón, debidas a su origen extranjero y a sus exigencias económicas.

Carlos I defendió con dureza el catolicismo y los intereses de la monarquía. Por ello, se enfrentó a Francia, a los cristianos **protestantes alemanes**, opuestos a la Iglesia católica de Roma, y a los **turcos musulmanes**, que avanzaban hacia Europa.

Un imperio sin emperador

Felipe II heredó en 1556 los territorios de su padre, Carlos I, a excepción del Imperio alemán. Desde 1581 reinó también en Portugal.

Sus territorios formaron el gran **imperio de la Monarquía Hispánica**, aunque el rey nunca llevó el título de emperador. En 1561 fijó la capital en **Madrid**.

Al igual que su padre, Felipe II defendió con dureza el **catolicismo**. Además de los conflictos con turcos y protestantes, también **se enfrentó a países europeos** como Francia e Inglaterra. Murió en 1598.

Exploraciones y conquistas

En el siglo XVI, navegantes al servicio de la Monarquía Hispánica dieron la **primera vuelta al mundo** y conquistaron nuevos territorios en América. Allí fundaron **ciudades** e impusieron la religión católica y la lengua castellana a los indios.

Los **colonizadores** llevaron a América caballos y ganado, y cereales que plantaron en sus **haciendas**. A su vez, trajeron a la Península grandes cantidades de **oro y plata** desde América, y **alimentos** como el maíz, el tomate, la patata o el cacao.

El oro, la planta y el comercio con América **enriquecieron** a algunos nobles y burgueses castellanos, pero la mayoría de la población en la península Ibérica siguió dedicándose a **la agricultura y a la ganadería**.

LA HERENCIA DE CARLOS I

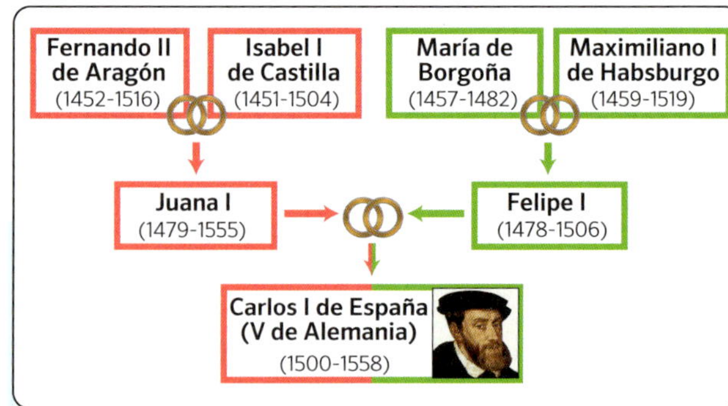

HACIENDA AMERICANA

Los artistas del **Renacimiento** se interesaron por Grecia y Roma, por lo que en sus edificios usaron arcos de media circunferencia y en mucho cuadros vestían a los personajes a la antigua.

En España el arte dependía de los encargos de **la monarquía y la iglesia**, por lo que la mayoría de las obras fueron palacios e iglesias, o esculturas y pinturas para decorarlos. Entre todos destacaron el **monasterio y palacio de San Lorenzo de El Escorial**, encargado por Felipe II, y las pinturas del Greco, quien deseaba trabajar para el rey, pero la mayoría de los encargos que recibió procedieron de conventos e iglesias.

- En el siglo XVI se desarrolló la **Monarquía Hispánica** de Carlos I y Felipe II.
- **América** aportó al Imperio **riquezas y alimentos**. Los españoles llevaron su cultura pero explotaron a los indios.

¿Sabías que...?

Una expresión del siglo XVI aseguraba que en el Imperio hispánico nunca se ponía el Sol, ya que siempre era de día en alguno de sus territorios.

Actividades

12 ¿Qué fue la Monarquía Hispánica? ¿Qué reyes la representaron?

13 Dibuja una línea de tiempo en tu cuaderno y coloca en orden cronológico los siguientes acontecimientos:

Carlos, rey - Carlos, emperador - Felipe II, rey - Muerte de Felipe II - Comienza la Edad Moderna

Usa todos tus recursos

14 Busca en tu *Atlas* el mapa con las posesiones de Felipe II.

a) ¿En qué continentes estaban?

b) Escribe un texto donde compares las posesiones de Felipe II con las de Carlos I.

15 smSaviadigital.com
JUEGA Y APRENDE Comprueba lo que sabes sobre la Monarquía Hispánica.

Párate a pensar

Has visto cómo comenzó la Edad Moderna y los grandes cambios que supuso respecto a la Edad Media. Repasa lo que has aprendido para asegurar que has comprendido su importancia.

La Edad Moderna

16 Halla cuatro términos relacionados con la Edad Moderna y anótalos en tu cuaderno.

F	Ñ	L	B	P	S	B	C	N	A	L	L	J	M	Y	C
T	I	D	W	G	R	J	V	W	Y	Q	U	Z	M	T	W
O	B	A	I	R	A	T	I	R	O	T	U	A	F	S	S
Q	H	C	F	S	E	L	M	G	W	E	I	B	D	L	J
Q	D	O	A	V	P	I	M	P	R	E	N	T	A	L	Y
W	M	B	W	O	Y	B	V	L	E	Q	S	X	O	Q	Ñ
O	X	V	U	H	U	M	A	N	I	S	M	O	F	E	S
S	Y	W	M	Ñ	P	N	A	V	E	G	A	C	I	O	N

17 ¿Qué hechos sucedieron en 1492?

18 En la Edad Media los libros eran copias manuscritas que solo podían comprar los reyes.

a) ¿Quién copiaba esos libros?

b) ¿Qué avance cambió esta tradición? ¿Por qué fue tan importante?

19 Dibuja la pirámide social de la Edad Moderna y coloca los siguientes personajes en el lugar correspondiente.

Los reinados hispánicos

20 Busca los errores en estas oraciones. Escríbelas corregidas en tu cuaderno.

- Los Reyes Católicos lucharon contra los protestantes.
- Felipe II heredó las posesiones de sus abuelos, Carlos I e Isabel la Católica.
- Los campesinos encargaron un monasterio en El Escorial.

21 Completa el texto en tu cuaderno.

Cristóbal Colón llegó a ••• en •••, con la ayuda de la reina •••. Colón llamó a sus habitantes •••, pues pensaba que había llegado a •••. Los españoles obtuvieron oro, plata y nuevos •••, y llevaron caballos, ganado y cereales, pero explotaron a los •••.

22 Completa la tabla con los datos de la caja en tu cuaderno.

descubrimiento de América, fundación de ciudades en América, lucha contra el islam, lucha contra los protestantes

	Reyes Católicos	Carlos I	Felipe II
En la Península Ibérica	•••	•••	•••
Fuera de la Península	•••	•••	•••

La vuelta al mundo en... casi mil días

23 Colón no alcanzó Asia por el oeste, pero otros navegantes sí lo hicieron. Lee el siguiente texto, observa el mapa y contesta a las preguntas.

Tras el descubrimiento de América, se buscó un paso entre los océanos Atlántico y Pacífico. En 1519, Fernando de Magallanes logró bordear el sur de América y llegar al Pacífico, acompañado de más de 200 hombres. Sin embargo, el navegante murió en las islas Filipinas y fue otro hombre de su expedición, Elcano, quien regresó a la península Ibérica después de dar la primera vuelta al mundo. Con él volvieron solo 18 supervivientes.

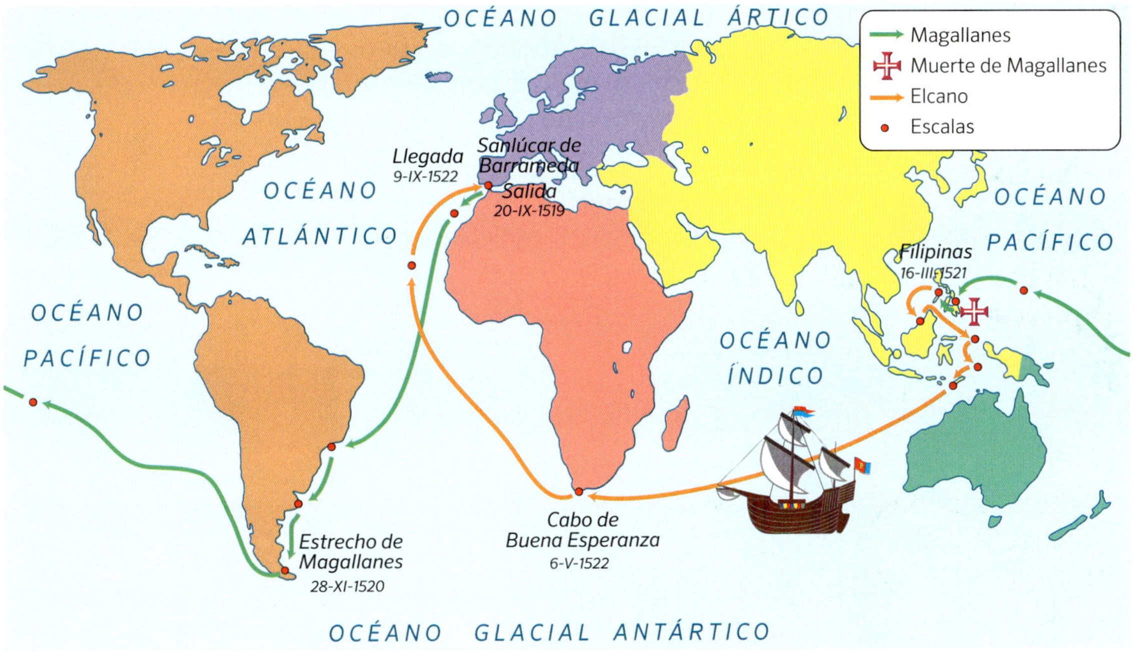

a) ¿Qué navegante halló el paso al Pacífico? ¿Quién pudo regresar a la península Ibérica? ¿Para qué monarca se conquistaron las islas Filipinas?

b) Fíjate en las fechas del mapa y calcula cuánto tardó la expedición en llegar desde la Península hasta:

el estrecho de Magallanes - las islas Filipinas - el cabo de Buena Esperanza

smSaviadigital.com
COMPRENDE Una **vuelta al mundo** accidentada.

4 La crisis del siglo XVII

Es común que en la sociedades se vivan épocas de esplendor y épocas de crisis. En el siglo XVII se produjo la crisis del Imperio hispánico.

¿Qué causó la crisis?

Durante el siglo XVII **la Monarquía Hispánica perdió parte de su imperio**, el mayor de los existentes en la época.

Las malas cosechas, las continuas guerras, la peste y la emigración a América redujeron la **población** en la península Ibérica y provocaron una crisis demográfica y agraria. Además, el rico **comercio** con América ya no era suficiente para pagar los gastos de la Monarquía.

Los más pobres fueron los más perjudicados, y carecían de alimentos.

Los reyes y sus validos

Los monarcas del siglo XVII no se preocuparon tanto por el Imperio, y delegaron el gobierno del reino en nobles de su confianza, llamados **validos**. Fue el caso del **duque de Lerma**, valido de **Felipe III**, y del **conde-duque de Olivares**, valido de **Felipe IV**.

Durante estos reinados, la crisis interna se agravó. La monarquía perdió Portugal, varios territorios europeos y el dominio en el continente en varios conflictos, como la **guerra de los Treinta Años**.

Carlos II fue el último rey de la casa de Austria. Llegó al trono con cuatro años y fue un rey débil. **No tuvo descendencia**, y tras su muerte estalló una guerra entre los partidarios de sus distintos sucesores.

Felipe III (1598-1621)

Duque de Lerma

Felipe IV (1621-1665)

Conde-duque de Olivares

Carlos II (1665-1700)

LA CIUDAD EN EL SIGLO XVII

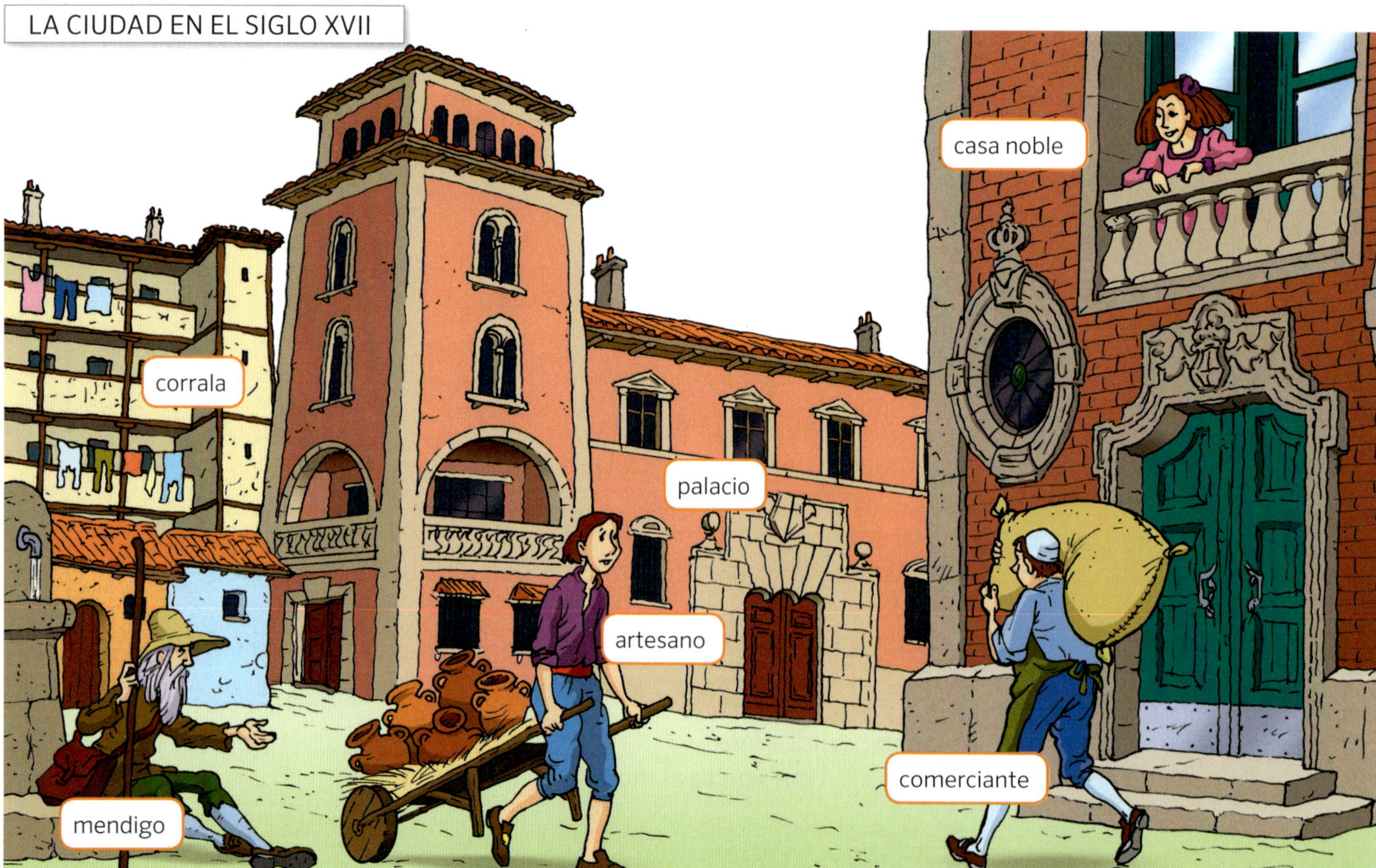

Taller de Historia

¡Pinta un cuadro!

La crisis del siglo XVII coincidió con un período de esplendor cultural en el reino conocido como el **Siglo de Oro**.

En esa época destacaron grandes escritores, como Calderón de la Barca, Quevedo o Cervantes, y se realizaron grandes **obras de arte**. Vamos a analizar una pintura.

PASO 1 La pintura **barroca** es muy recargada e imita los **escenarios teatrales**. Las figuras forman varias escenas al mismo tiempo, y transmiten sensación de movimiento.

PASO 2 Los **juegos de espejos** complican las escenas.

PASO 3 Los **reyes** y la **Iglesia** eran los **mecenas** del arte. Por eso destacan **las obras religiosas**, y las del pintor de los reyes, **Velázquez**.

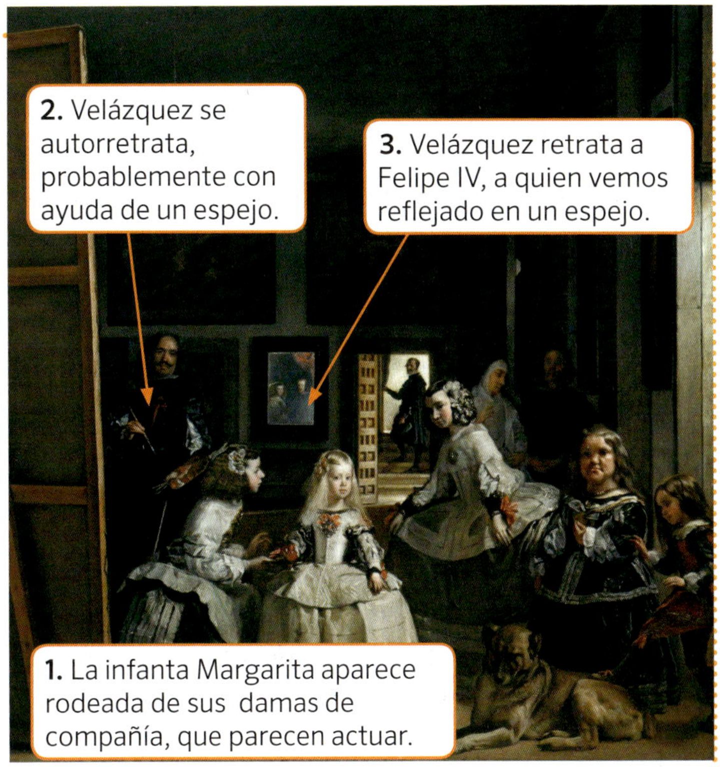

Las meninas, de Velázquez.

24 Traed a clase fotografías de obras de arte barrocas y, en grupos, clasificadlas en arquitectura, escultura y pintura. Componed un mural y señalad las características barrocas de esas obras.

25 Haz un dibujo que imite las características de la pintura barroca.

- Durante el siglo XVII la Monarquía Hispánica sufrió una gran **crisis económica, política y social**.
- En el siglo XVII los reyes delegaron su poder en **validos**.
- El **arte** de este período experimentó un gran **esplendor**.

smSaviadigital.com
COMPRENDE Conoce otros **pintores barrocos**.

Actividades

26 Explica quiénes fueron el conde-duque de Olivares, Felipe III y Carlos II.

27 Relaciona los personajes con un estamento.

a) 

b) 

28 El teatro del barroco se representaba en corralas o patios al aire libre. ¿Has ido alguna vez al teatro? ¿Cómo era el edificio? Cuenta tu experiencia en una redacción.

5 Del Siglo de Oro al Siglo de las Luces

La dinastía que reina en España lleva en el trono más de trescientos años. ¿Cuál es su nombre?

La llegada de los Borbones

Carlos II había nombrado heredero del trono español a Felipe V de Borbón, sobrino del rey de Francia. Algunos países, como Inglaterra o Austria, que temían una alianza entre aquellos reinos, propusieron un candidato al trono español de la casa de Austria. Así comenzó la **guerra de Sucesión**.

El conflicto terminó con el Tratado de Utrecht, que reconocía a **Felipe V de Borbón** como rey de España. A cambio, el nuevo rey cedió los territorios hispánicos en Europa a Austria, y Menorca y Gibraltar a Inglaterra.

Durante la guerra, Aragón había apoyado a la casa de Austria. Por ello, tras vencer, Felipe V anuló los privilegios del territorio o **fueros**, e igualó las leyes e impuestos con Castilla. Con esta **centralización** del Estado, el rey impuso su **poder absoluto**.

Felipe V fue el primer monarca de la dinastía Borbón que reinó en España. Este rey impuso una monarquía absoluta.

La modernización de un país

A pesar del absolutismo de sus reinados, los Borbones realizaron **reformas** para modernizar España. En ellas usaron las **ideas ilustradas**, que defendían la difusión de la cultura, la ciencia y el progreso.

Este sistema de absolutismo unido a ciertas reformas sociales y culturales se llamó **despotismo ilustrado**. Su mayor representante fue el rey **Carlos III**.

smSaviadigital.com
COMPRENDE Analiza la **guerra de Sucesión**.

LAS REFORMAS BORBÓNICAS

1. MONARQUÍA ABSOLUTA Y CENTRALIZACIÓN

Francisco de Goya fue el pintor del rey Carlos III.

2. REORGANIZACIÓN TERRITORIAL

3. CREACIÓN DE FÁBRICAS, COMPAÑÍAS COMERCIALES Y OBRAS PÚBLICAS

Puerta de Alcalá.

LA ILUSTRACIÓN ESPAÑOLA Y LAS OBRAS DE CARLOS III EN MADRID

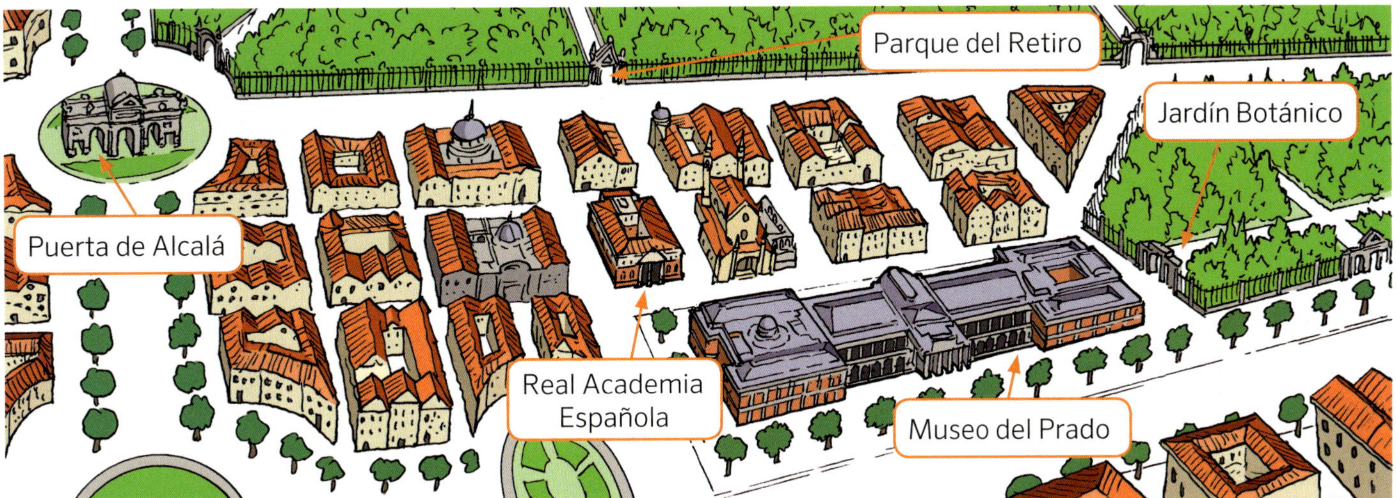

El siglo XVIII se llamó **Siglo de las Luces**, ya que, para los ilustrados, el conocimiento iluminaba a las personas y favorecía el desarrollo. Estos pensadores valoraban el **conocimiento científico** y el saber de **Grecia y Roma**.

Influidos por estas ideas, los reyes quisieron **embellecer las ciudades** con edificios inspirados en la Antigüedad que impulsasen la cultura, como las reales academias de artes y oficios, los museos o los jardines. Con ese fin, Carlos III construyó en la corte de Madrid numerosos monumentos y edificios.

- En el siglo XVIII la nueva dinastía real de los **Borbones** puso en marcha **reformas políticas y económicas**.
- Las ideas de la Ilustración **transformaron** y **modernizaron** la cultura y la sociedad españolas de la época.

Actividades

29 ¿Qué provocó la guerra de Sucesión española? ¿Qué consecuencias tuvo?

30 ¿Qué reformas hicieron los Borbones españoles durante el siglo XVIII?

Usa todos tus recursos

31 smSaviadigital.com
COMPRENDE Estudia las características de la **arquitectura de la Ilustración**. Puedes observar algunos palacios de los reyes de la ilustración en la *página 143*.

32 ¿Por qué crees que Carlos III fue llamado “el mejor alcalde de Madrid”. Explícalo en un breve texto, y usa ejemplos.

33 La primera Enciclopedia surgió en la Ilustración, y era una colección de libros que recogía el conocimiento del momento. ¿Cómo se usa una enciclopedia? ¿Cuál es la enciclopedia más conocida de internet?

34 Goya fue el pintor más importante de la Ilustración española. Busca información y completa las frases en tu cuaderno.

a) Goya estudió en el ambiente ilustrado de la Real Academia de ●●● .

b) Fue pintor de cuatro reyes diferentes: Carlos III, ●●●, José I y ●●● .

c) Su obra se expone en el Museo del ●●●, construido por Carlos ●●●.

Organiza tus ideas

LA EDAD MODERNA
- avances científicos y culturales
- grandes descubrimientos y comercio
- monarquía ••• y absolutista
- sociedad •••

FINALES DEL SIGLO XV

Reyes Católicos
- monarquía •••
- unión dinástica de Castilla y •••
- ampliación de territorios
- descubrimiento de •••

→ **Renacimiento**

SIGLO XVI

Monarquía Hispánica
- Carlos I y •••
- defensa del catolicismo
- colonización de ••• y primera vuelta al •••

→ **Renacimiento**

SIGLO XVII

Últimos Austrias
- ••• y Felipe IV tuvieron •••
- Crisis demográfica y •••
- fin del dominio en •••
- Carlos II no tuvo •••

→ **Barroco**

SIGLO XVIII

Dinastía de los •••
- Felipe V: centralización y absolutismo
- •••: despotismo •••

→ **Ilustración**

Trabaja con el esquema

35 Copia el esquema en tu cuaderno y complétalo con los términos que faltan.

36 Completa estas oraciones con la información del texto:

a) La Edad ••• se inicia en España durante el reinado de ••• y •••.

b) La nueva era se caracteriza por el desarrollo cultural y por los grandes •••.

c) En el siglo XVI se instaura la Monarquía Hispánica con los reyes de la casa de •••.

d) En el siglo ••• la Monarquía Hispánica pierde poder y entra en una •••.

37 Completa la tabla con los datos de la caja.

Renacimiento	Barroco	Ilustración
•••	•••	•••

Carlos III - Meninas - Enciclopedia - El Greco -Felipe IV - imprenta - Quevedo - Jardín Botánico - Felipe II

38 Ordena los hechos en una línea del tiempo de los siglos de la Edad Moderna.

Siglo de Oro - Felipe II construye El Escorial - descubrimiento de América - guerra de Sucesión española - reinado de Carlos III invención de la imprenta.

Repasa la unidad

39 Define: humanista, burgués, monarquía autoritaria, hacienda, valido, Tratado de Utrecht.

40 Señala qué consecuencias tuvo este invento para el progreso de la humanidad.

41 Lee las afirmaciones y corrige los errores que presentan en tu cuaderno.

a) Los barcos del descubrimiento de América fueron pagados por Fernando VI e Isabel I.

b) El siglo XVI fue una época de crisis en la Monarquía Hispánica.

c) La guerra de Sucesión se produjo tras la muerte de Felipe V de Borbón.

42 Observa la obra de *Las hilanderas* de Velázquez y responde a las cuestiones.

a) ¿A qué estilo de la Edad Moderna pertenece el cuadro? ¿Por qué lo sabes?

b) ¿Qué otra obra del mismo pintor has analizado en la unidad?

43 Lee el texto sobre las acciones de los conquistadores españoles en América.

> En la isla de la Española **entraron los cristianos** comenzando a tomar las mujeres e hijos a los indios para servirse y **usar mal de ellos** y comer sus comidas, no contentándose con lo que los indios les daban de su grado.
>
> **Comenzaron a entender los indios** que aquellos hombres no debían de haber venido del cielo; y algunos **escondían** sus comidas; otros huían a los montes por apartarse de gente tan dura. Los cristianos les daban de bofetadas, puñetazos y de palos.
>
> *Brevísima relación de la destrucción de las Indias*, de fray Bartolomé de las Casas, año 1552. Texto adaptado

a) ¿Quiénes son los cristianos citados en el texto? ¿Y los indios?

b) ¿Qué opina el autor sobre el trato a los indios?

c) ¿Quién era el rey de la Monarquía Hispánica cuando se escribió este texto?

44 Observa esta fotografía. Se trata de la Real Academia Española de la lengua.

a) Investiga qué es una real academia. ¿Cuándo se crearon la mayor parte?

b) Investiga a qué se dedica hoy día esta academia.

45 Explica qué fue el despotismo ilustrado.

smSaviadigital.com
VALORA LO APRENDIDO Comprueba lo que sabes en la **autoevaluación**.

Ponte a prueba

Los grandes imperios americanos

Antes de la llegada de Cristóbal Colón, había en América tres imperios organizados: el maya, el azteca y el inca:

- Estos pueblos eran politeístas, y construyeron enormes santuarios para sus dioses con elevadas pirámides.
- Usaban la escritura de pictogramas y jeroglíficos, y tenían amplios conocimientos en matemáticas y astronomía.
- Su economía era agrícola y ganadera, aunque también desarrollaban una importante artesanía.

DVD player culturas_precolombinas_hoy.avi

Pictogramas aztecas

Pirámide maya

Telar de origen inca

Pirámide

1. ¿A qué crees que llamamos culturas precolombinas? ¿Qué significa que eran politeístas?
2. Organizados en grupos, elegid una de las tres grandes culturas precolombinas y preparad una presentación para clase. La presentación deberá incluir muchas imágenes y responder a estas cuestiones de forma muy breve:
   Nombre de la cultura, zona, formas de vida, economía, religión, cultura, yacimientos.

Los conquistadores

Tras los primeros contactos con los indios, los españoles procedieron a la colonización y conquista de esas culturas. Dos de los conquistadores más destacados fueron Hernán Cortés, que dominó el Imperio azteca, y Francisco de Pizarro, que ocupó el Imperio inca.

1. Por grupos, buscad la biografía de un conquistador y extraed los datos más importantes.
2. Realizad una representación teatral de cómo pudo ser el contacto entre conquistados y conquistadores.

smSaviadigital.com
COMPRENDE ¡Conoce a Hernán Cortés y a Pizarro!

La Inquisición, un tribunal religioso

Los Reyes Católicos crearon un tribunal que vigilaba a los musulmanes y judíos convertidos al cristianismo para comprobar si practicaban su religión en secreto. Este tribunal funcionó durante largos siglos.

La Inquisición no permitía la diversidad de religiones y condenaba a quienes no creían en la Iglesia. Muchas personas inocentes permanecían años en la cárcel, e incluso eran condenadas a muerte. Hubo personas que aprovecharon la dureza del tribunal para acusar a enemigos personales de delitos falsos.

La Inquisición llegó a prohibir la lectura de muchos libros, e incluso la estancia de estudiantes españoles en universidades de otros países.

1. ¿Qué fue el Tribunal de la Inquisición?
2. ¿A quiénes perseguía? ¿Qué les podía suceder?
3. ¿Cuántas religiones practican tus compañeros de clase? ¿Crees importante tener libertad para practicar cualquier religión? ¿Y poder estudiar en el extranjero? ¿Por qué?

Tarea final La gran vuelta al mundo

¡Organizaos en grupos para dar la vuelta al mundo!

PASO 1 En una cartulina grande, dibujad un planisferio. Sobre él, trazad un recorrido por todos los continentes que incluya un total de 40 casillas: unas blancas, otras rojas y otras verdes.

PASO 2 Preparad tarjetas con preguntas sobre la Edad Moderna. La respuesta debe ser verdadero o falso. Haced cuestiones para cada período:

- Blancas: si son sobre el siglo XVI.
- Rojas: si son sobre el siglo XVII.
- Verdes: si son sobre el siglo XVIII.

PASO 3 Intercambiad las preguntas con otro grupo.

PASO 4 Para jugar, tirad el dado por turnos. En tu turno, responde a la pregunta del color en el que caigas. Deberás acertar para avanzar. Ganará quien llegue antes a la meta.

smSaviadigital.com

VALORA LO APRENDIDO ¿Cómo has trabajado en esta **tarea**?

TU REVISTA

Fútbol de alto riesgo

Aunque el fútbol moderno no tiene más de dos siglos de antigüedad, los orígenes de este deporte se remontan a la Baja Edad Media. En aquella época, existía un fútbol en las islas Británicas tan violento que fue prohibido durante siglos por los propios reyes de ese país.

Si el origen del fútbol se sitúa en la Baja Edad Media, ¿en qué siglos pudo aparecer?

El peso de ser caballero

Un caballero medieval no solo debía entrenar, participar en torneos e ir a la guerra, sino que debía hacer todo eso soportando una armadura de nada más y nada menos que 30 kilogramos de peso. ¿Te imaginas hacer deporte con tu compañero de clase a la espalda?

¿Qué poema medieval cuenta la historia del caballero más famoso de la Reconquista?

El baño… una vez al año

Durante la Edad Media, la higiene en algunos reinos cristianos no estaba recomendada por los médicos… Incluso llegaron a afirmar que lavarse con agua podía ser malo para la salud.

Por eso, las personas se limpiaban en seco, y en los pocos baños que tomaban al año, toda la familia compartía el agua de la bañera. El último en lavarse era el menor de la casa… ¿Te imaginas qué agua tan limpia?

¿Qué cultura de la Península en la Edad Media tenía la costumbre de bañarse con regularidad?

Reciclaje obligado

En la Edad Media casi todo se reciclaba: los excrementos de animales para estiércol y los huesos como abono. Este afán por reciclar no se debía a ningún interés medioambiental. Era una forma de aprovecharlo todo, ya que lo que no se reciclaba… ¡se quedaba tirado en la calle!

Cantantes muy modernos

Las universidades de la Edad Moderna y las de ahora tienen más de una cosa en común. Una de ellas es la tuna, esos cantantes vestidos de negro con sus capas llenas de cintas de colores que rondan aún por muchas calles de España y de Hispanoamérica.

En origen, eran estudiantes pobres que se pagaban sus estudios cantando. Hoy día buscan, sobre todo, una diversión.

¿Por qué crees que la tuna española de la Edad Moderna también existe en América?

La ruta hacia el Dorado

En esta película dos pícaros españoles huyen en un barco que viaja al Nuevo Mundo. Pronto descubren que se han escondido en el barco del conquistador de México.

¿A qué se llamó Nuevo Mundo en la Edad Moderna? ¿Quién conquistó México?

El rey del helado

El rey francés Luis XIV fue un monarca que impuso muchas modas en su corte, como la de llevar grandes pelucas.

La más dulce de esas modas fue la de consumir helados: con el hielo de los estanques, congelados en invierno, hizo construir salas refrigeradas bajo su palacio donde se conservaba el helado hasta el verano. En poco tiempo, a los helados de frutas se sumaron sabores tan habituales hoy día como la nata, la vainilla o el chocolate.

¿Cómo era la monarquía en el siglo XVII?

Una bandera muy marinera

El rey Carlos III de Borbón decidió distinguir los barcos españoles de los que usaba la casa de Borbón francesa. Para ello, se organizó un concurso. La actual bandera de España deriva de la que resultó ganadora.

¿Qué símbolos tiene España? ¿Cómo es su bandera actual?

Comprueba lo que has aprendido

Test

¿Puedes recordar todo lo que has aprendido durante este trimestre? ¡Compruébalo!

1. La Edad Media comenzó con:

a) La guerra de Sucesión al trono español.
c) La creación del reino visigodo en Toledo.
d) La caída del Imperio romano.

2. ¿Cuál de las siguientes oraciones es verdadera?

a) El último rey visigodo, Pelayo, fue derrotado por los musulmanes en la batalla de Guadalete.
b) Los visigodos fueron uno de los pueblos germánicos que invadieron el Imperio romano.
c) Los visigodos llegaron a Hispania y fundaron el califato de Toledo.

3. ¿A qué estamento pertenecían los campesinos?

a) Privilegiados.
b) Burgueses.
c) No privilegiados.

4. ¿Qué describe esta escena?

a) La Reconquista durante la Edad Media
b) El descubrimiento de América
c) La guerra de Sucesión

5. El Camino de Santiago...

a) Es un camino de peregrinación creado en la Edad Media.
b) Es un camino actual de peregrinación.
c) Ambas respuestas son correctas.

6. ¿Qué hecho se relaciona con el comienzo de la Edad Moderna?

a) La publicación de ***El ingenioso hidalgo don Quijote de la Mancha***, del escritor Miguel de Cervantes.
b) La conquista musulmana de la Península Ibérica.
c) El descubrimiento de América.

7. ¿Qué monarca fue a la vez rey de los territorios heredados de los Reyes Católicos y emperador de Alemania?

a) Felipe II.
b) Carlos II.
c) Carlos I.

8. ¿Qué frase se utilizaba para explicar que los dominios de Felipe II eran muy extensos?

a) El sol no se pone en el Imperio.
b) Ancha es Castilla.
c) Todos los caminos conducen a Roma.

9. ¿Qué estilo define este edificio?

a) Es un edificio renacentista.
b) Es un edificio barroco.
c) La a y b son incorrectas.

10. ¿Qué rey fue el primer Borbón en reinar en España?

a) Felipe II.
b) Felipe V.
c) Juan Carlos I.

smSaviadigital.com REPASA

Ponte en su lugar

En la Edad Media, la mujer no tenía las mismas facilidades que tiene hoy.

Una **mujer noble**, por ejemplo, solo debía ocuparse de sus hijos y su hogar, y no podía hacer lo que un hombre. Sin embargo, solía ser más culta que su esposo, pues dedicaba muchas horas a aprender idiomas, a leer poesía y a estudiar música. Por su parte, las **mujeres campesinas** trabajaban de sol a sol, como los hombres, pero normalmente no podían poseer tierras. Además, tenían numerosos hijos, muchos de los cuales morían siendo niños. La **mujer de un artesano** vivía con ciertas comodidades, pero solo podía trabajar en el taller de su marido, y no tenía derecho a aprender otro oficio ni a abrir otro negocio.

Curiosamente, la Edad Media terminó con una mujer como **reina** de Castilla.

1 Relaciona a estas mujeres con un estamento medieval.

a

b

c

2 Responde a las siguientes cuestiones:

a) ¿Cómo se llamaba la mujer que reinaba en Castilla en 1492?
b) Enumera tres hechos que recuerdes de su reinado.
c) ¿A qué estamento crees que pertenecía? ¿Por qué? ¿Dónde vivía?
d) ¿Qué formación tenía una mujer de su estamento? ¿A qué se dedicaba normalmente su esposo?

Hechos que cambiaron la Historia

1 Observa las ilustraciones y responde a las cuestiones.

a) ¿Qué se representa en cada una?
b) ¿Con qué edad de la Historia las relacionas?
c) ¿Quiénes fueron sus protagonistas?
d) ¿Qué consecuencias tuvieron ambos hechos?

a

b

2 Describe uno de los dos hechos y sus consecuencias mediante un cómic.

¡A toda máquina!

PROYECTO TRIMESTRAL
Descubrimos la historia

Inventos que han hecho Historia

La vida de las personas no siempre ha sido como la conocemos hoy día. Hace siglos, para despertarse por la mañana no sonaba el despertador, ni se podía ver la previsión del tiempo en la televisión, ni averiguar la temperatura consultando internet...

En la Edad Media y en la Edad Moderna surgieron algunos de los inventos que han cambiado y que facilitan nuestras vidas.

1 **Por parejas, observad estos inventos medievales. ¿Qué sabéis de ellos?**

Herradura

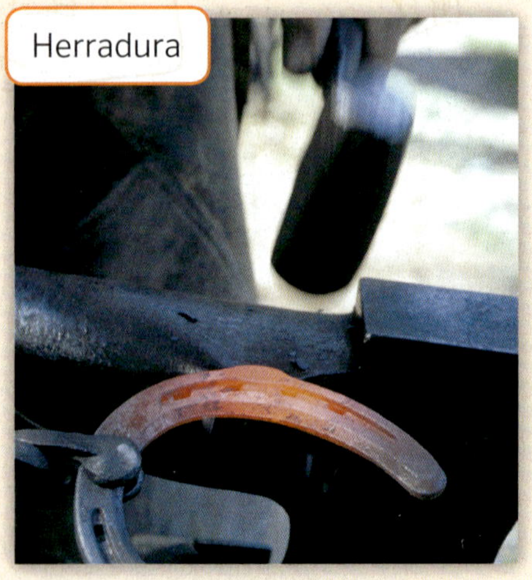

Pluma

Brújula

Despertador

Molino

Armadura

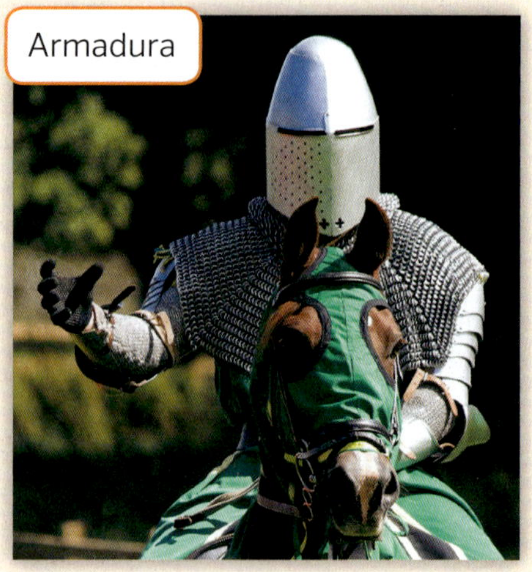

2 **Comenta la importancia de los inventos que has observado.**

a) ¿Para qué crees que se usaron en la Edad Media? ¿A qué personas pudo facilitar más la vida entonces? ¿Por qué?

b) ¿Para qué se utilizan hoy en día? ¿Han cambiado de aspecto o de función con el paso del tiempo?

3 **Fíjate ahora en algunos de los inventos surgidos en la Edad Moderna. Habla sobre ellos con tus compañeros. Anotad para qué sirven. ¿Cuáles utilizáis a diario? ¿Cuáles son progresos científicos?**

Telescopio

Sombrilla

Piano

Lápices

Submarino

Sándwich

4 **Relaciona cada uno de estos inventos con alguno de los cambios que tuvieron lugar durante la Edad Moderna.**

cambios culturales | cambios técnicos | cambios políticos | cambios sociales

5 **Repartid los inventos de estas páginas entre todos los compañeros. Cada uno de vosotros va a investigar sobre uno de ellos.**

a) Con la información que has hallado, redacta una ficha que incluya el año y lugar de invención, así como el nombre del inventor si se conoce.

b) Explica brevemente la finalidad para la que fue inventado.

c) Poned en común las fichas y ordenadlas en un mural por orden cronológico. ¿Cuál es el invento más antiguo? ¿Y el más moderno?

Aprende más

Cronología

1 Del universo a la Tierra

Hace 13.700 millones de años Se forma el universo por una gran explosión: el *Big Bang*.

Hace 4.500 millones de años Se forma la Tierra.

4000 a. C. En Mesopotamia nombran las primeras constelaciones.

240 a. C. Se avista el cometa Halley.

1543 Copérnico explica el sistema heliocéntrico.

1609 Galileo Galilei utiliza el primer telescopio.

1705 Edmund Halley calcula por primera vez la órbita de un cometa.

1883 Konstantín Tsiolkovski diseña la primera nave espacial.

1957 Primer satélite artificial enviado al espacio.

1961 Yuri Gagarin, primer astronauta que llega al espacio.

1969 Neil Armstrong y Edwin Aldrin pasean por la superficie de la Luna.

2012 Una nave sin tripulación llega a Marte.

2 El clima

Siglo II Ptolomeo diseña el primer mapa con coordenadas.

1441 Se crea el primer pluviómetro.

1714 Gabriel Fahrenheit inventa el termómetro de mercurio.

1780 Gran huracán de San Calixto registrado en el Caribe.

1931 Se desborda el río Amarillo, en China, y provoca las peores inundaciones de la Historia.

1997 Cumbre internacional en Kyoto para luchar contra el cambio climático.

2004 Un sunami o maremoto afecta al sureste de Asia. Es el más destructor de todos los conocidos hasta la actualidad.

3 Somos ciudadanos

1950-1980 Grandes migraciones del campo a las ciudades españolas.

1977 Primeras elecciones democráticas después de la dictadura de Franco.

1978 Se aprueba la actual Constitución española.

1984 Algunas ciudades españolas son declaradas por primera vez Patrimonio de la Humanidad.

1992 Celebración de los Juegos Olímpicos de Barcelona.

2011 España alcanza los 47 millones de habitantes, gracias a la inmigración.

2012 En España hay 16 millones de usuarios de internet.

4 La ciudadanía europea

1957 Tratado de Roma: creación de la Comunidad Económica Europea.

1986 España y Portugal entran en la Comunidad Económica Europea.

1992 Tratado de Maastricht: creación de la Unión Europea.

2002 Comienza a utilizarse el euro como moneda de la Unión Europea.

2007 Tratado de Lisboa, que reorganiza la Unión Europea.

2009 La Unión Europea alcanza los 500 millones de habitantes.

2013 La Unión Europea pasa a estar formada por 28 países.

5 La Edad Media

476 Desaparece el Imperio romano de Occidente.

507-711 Reino visigodo de Toledo.

718 Surge el reino de Asturias.

785 Abderramán I inicia la construcción de la mezquita de Córdoba.

929-1031 Califato de Córdoba.

1164 Se crea la Corona de Aragón.

1140 Se escribe el Códice Calixtino, considerado la primera guía del Camino de Santiago.

1230 Surge la Corona de Castilla .

1284 Esplendor de las ferias comerciales.

1348 Tiene lugar una de las mayores epidemias de peste en Europa.

1450 La aparición de la imprenta supone un gran desarrollo de la educación y la cultura.

6 La Edad Moderna

1453 La ciudad de Constantinopla cae en manos de los turcos.

1492 Los Reyes Católicos conquistan el reino de Granada. Colón llega a América.

1519-1522 Primera vuelta al mundo, realizada por Magallanes y Elcano.

1535 Miguel Ángel pinta la bóveda de la Capilla Sixtina.

1605 Se publica el *Quijote*.

1623 Velázquez, pintor del rey.

1650 Murillo pinta los *Niños comiendo frutas*.

1700 Felipe V, primer rey Borbón de España.

1713 Firma del Tratado de Utrecht, fin a la guerra de Sucesión española.

1785 Goya, pintor del rey.

1789 Revolución francesa, fin del absolutismo borbónico en Francia.

Aprende más Del universo a la Tierra

Historia de la astronomía

En el siglo II, el astrónomo **Claudio Ptolomeo** pensaba que la **Tierra** estaba en el **centro del universo**, y que el Sol, la Luna y los cinco planetas entonces conocidos giraban alrededor de ella.

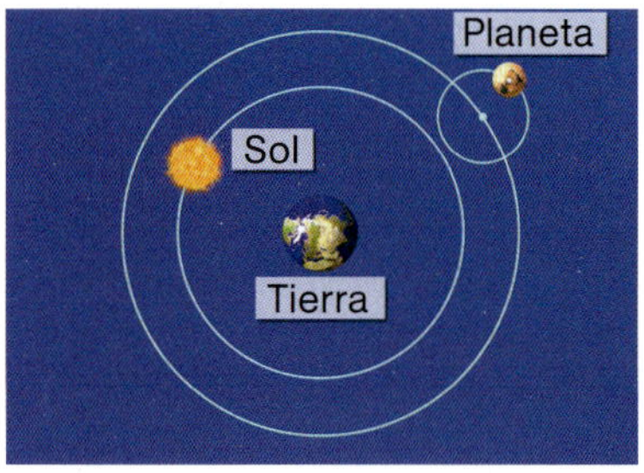

En contra del pensamiento religioso y científico de su época, **Nicolás Copérnico** afirmó en el siglo XVI que el **Sol** se encontraba en el **centro de todo el universo**, y que los demás astros giraban en torno a él en órbitas circulares. Más tarde Galileo demostró que el sol solo era el centro del **sistema solar**.

1. Busca información acerca de quién fue Galileo Galilei. ¿Qué hizo para ampliar el conocimiento sobre el universo?

Así son los modernos telescopios espaciales

2. ¿Para qué sirven los telescopios espaciales? ¿En qué se diferencian de los telescopios tradicionales?

El viaje a la Luna del "Apolo 11"

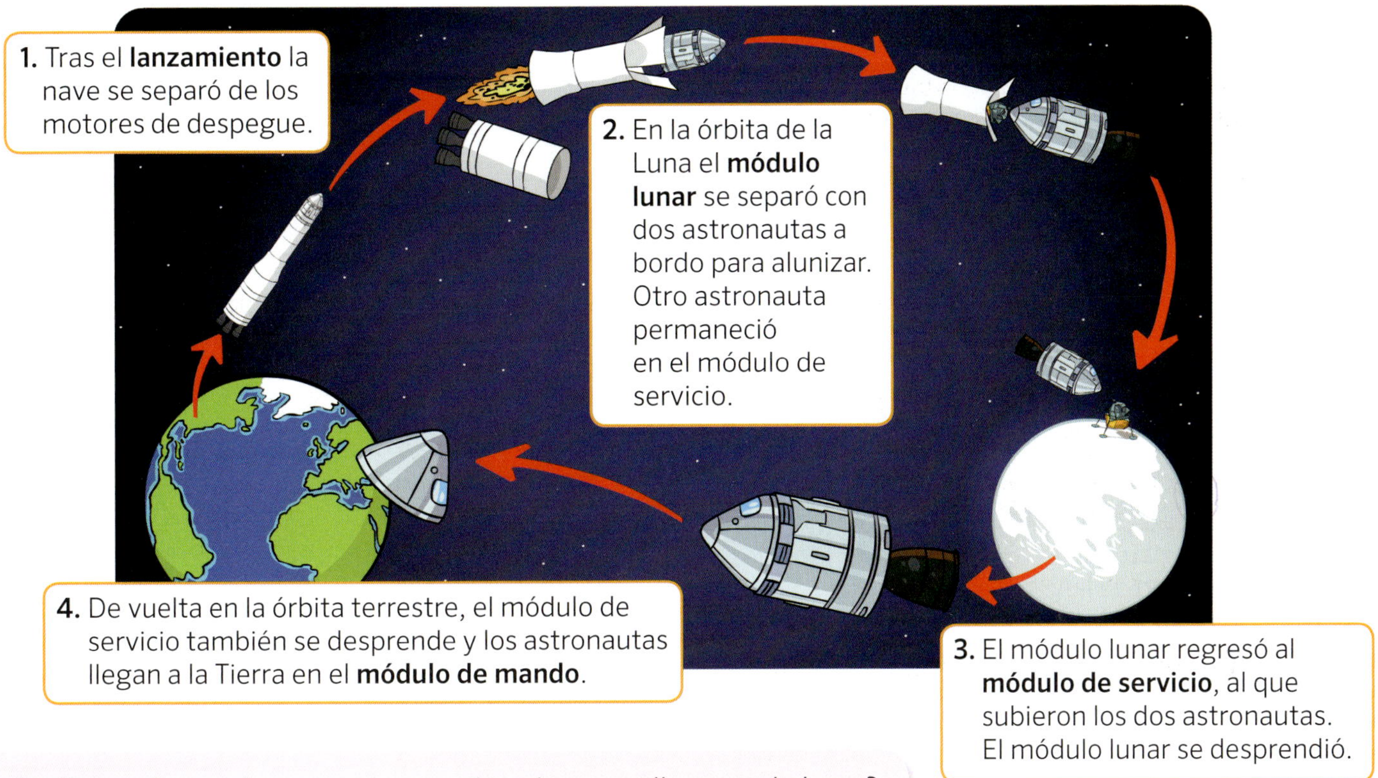

3. ¿Por qué crees importante que el ser humano llegara a la Luna?

Las partes de un volcán

Para investigar cómo es el espacio se han enviado satélites y naves tripuladas. Sin embargo, no es posible enviar naves al interior de la Tierra, así que debemos estudiar su funcionamiento desde aquí fuera.

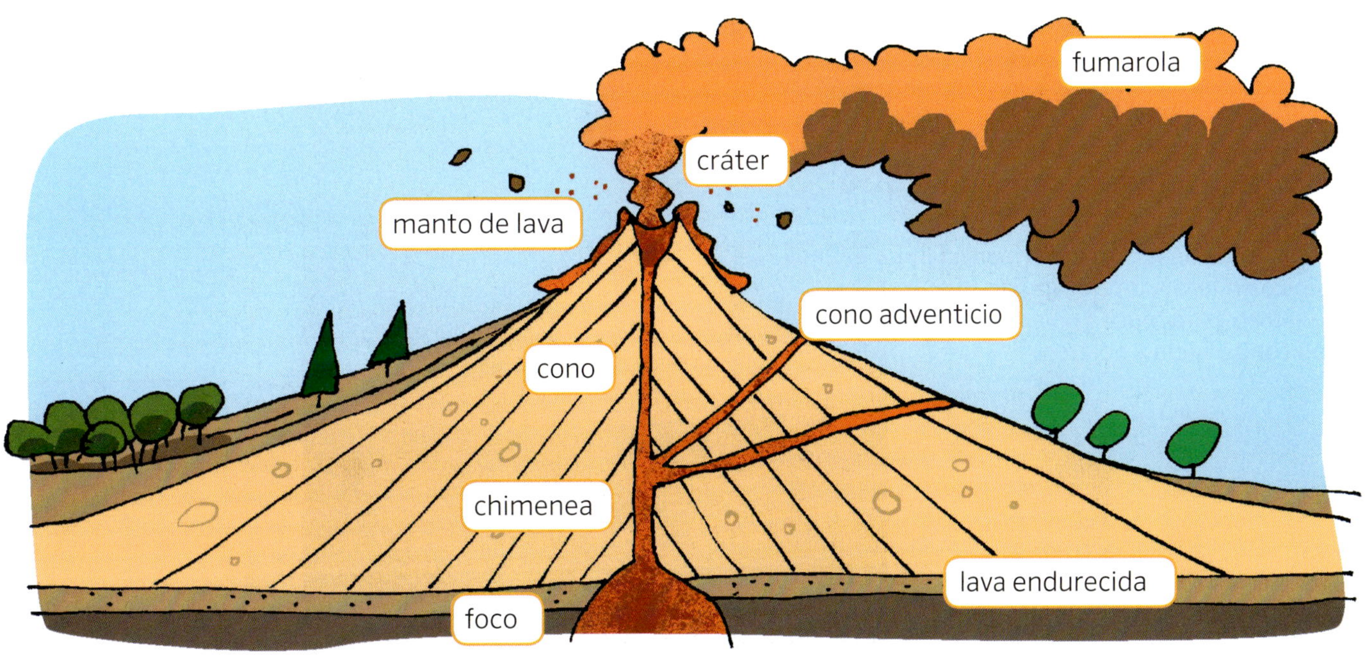

4. ¿Qué es un volcán? ¿En qué capa de la Tierra se encuentra?

Aprende más El clima

Así es una estación meteorológica

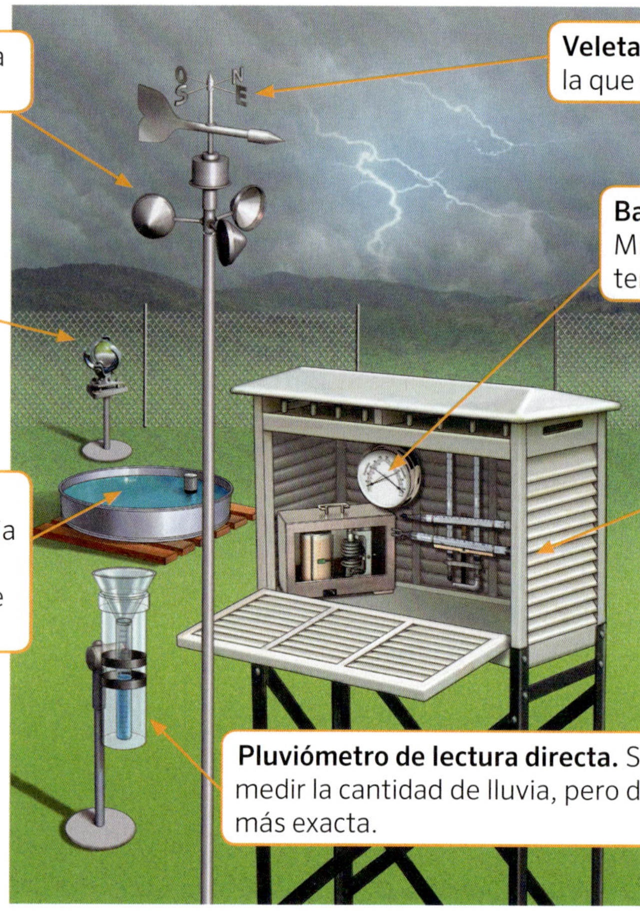

1. ¿Con qué aparatos se miden las precipitaciones, la presión del aire y la temperatura? ¿Con qué unidades de medida? ¿Para qué sirven estas mediciones?

Con la fuerza de un tornado

Los tornados tienen un movimiento típico en forma de zigzag. Su energía arrastra mucho polvo, agua condensada y objetos.

2. Averigua qué consecuencias puede provocar un tornado.

El avance del desierto en España

La vegetación genera el vapor de agua que produce las precipitaciones. A su vez, las precipitaciones hacen crecer la vegetación.

Una agricultura demasiado intensiva y basada en la introducción de cultivos poco adecuados acaba por empobrecer el suelo.

Esto hace que se rompa el ciclo del agua. La escasa vegetación no puede retener la humedad y no se forman nubes.

La expansión excesiva de las ciudades elimina aún más vegetación y rompe el equilibrio entre la naturaleza y el ser humano.

Bosque atlántico sin riesgo de desertización.

Paisaje mediterráneo con riesgo de desertización.

Paisaje del sureste peninsular, totalmente desertizado.

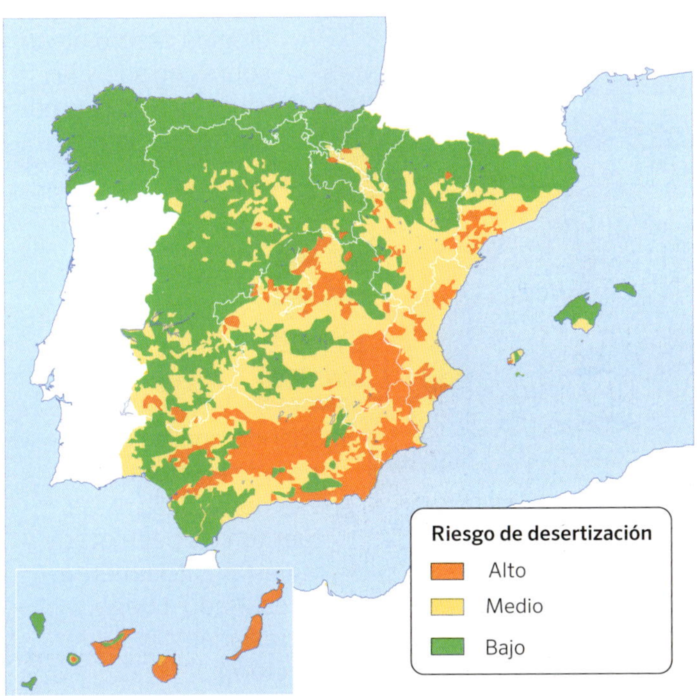

3. Observa el mapa. ¿En qué áreas de España hay mayor riesgo de desertización, en el norte, en el centro o en el sur?

Las raíces de nuestra democracia actual

La Constitución de 1812 fue la primera que defendió la separación de poderes y el derecho de una parte del pueblo a elegir gobierno. Recogía también derechos como la libertad o la propiedad.

La Constitución de 1931 incluía una amplia declaración de derechos y la división de los poderes del Estado. En ella se defendía el voto de todos los españoles, pero aún no incluía a las mujeres.

Nuestra Constitución se aprobó en 1978. En ella se defiende el derecho de todos los españoles a elegir gobierno y se protegen derechos sociales muy avanzados. Además, reconoce el Estado de las autonomías.

1. ¿Qué es una Constitución? ¿Por qué crees que es tan importante para nuestras vidas?

¿Cómo se vota en España?

1. La Junta Electoral nombra a un grupo de ciudadanos para formar parte de las mesas electorales.

2. Sobre grandes mesas se colocan las papeletas con las listas de candidatos de todos los partidos políticos registrados.

3. El votante mete la papeleta con la lista elegida dentro de un sobre cerrado y la introduce en la urna electoral.

4. La persona que va a votar se presenta e identifica ante los miembros de la mesa electoral.

5. Cuando finaliza la jornada electoral, los miembros de la mesa cuentan las papeletas y registran oficialmente el resultado. Luego, lo trasladan a la Junta Electoral.

2. ¿Para qué sirve votar? ¿A quiénes se vota?

3. ¿Qué son los partidos políticos?

La localidad: planos urbanos y organización espacial

1 Plano irregular

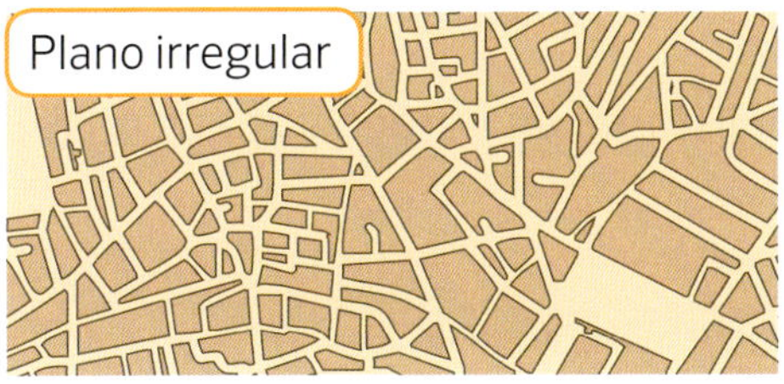

2 Plano ortogonal

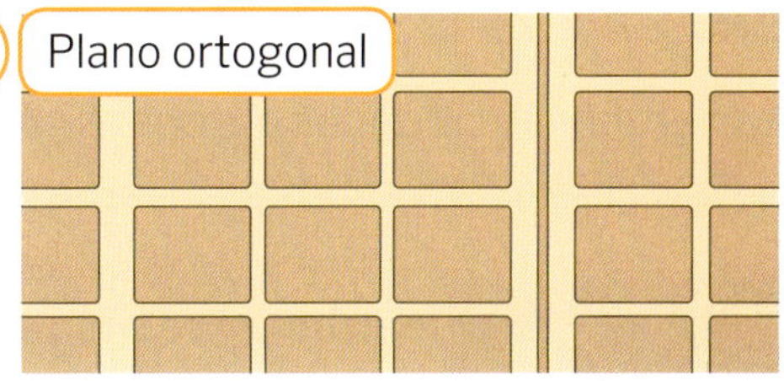

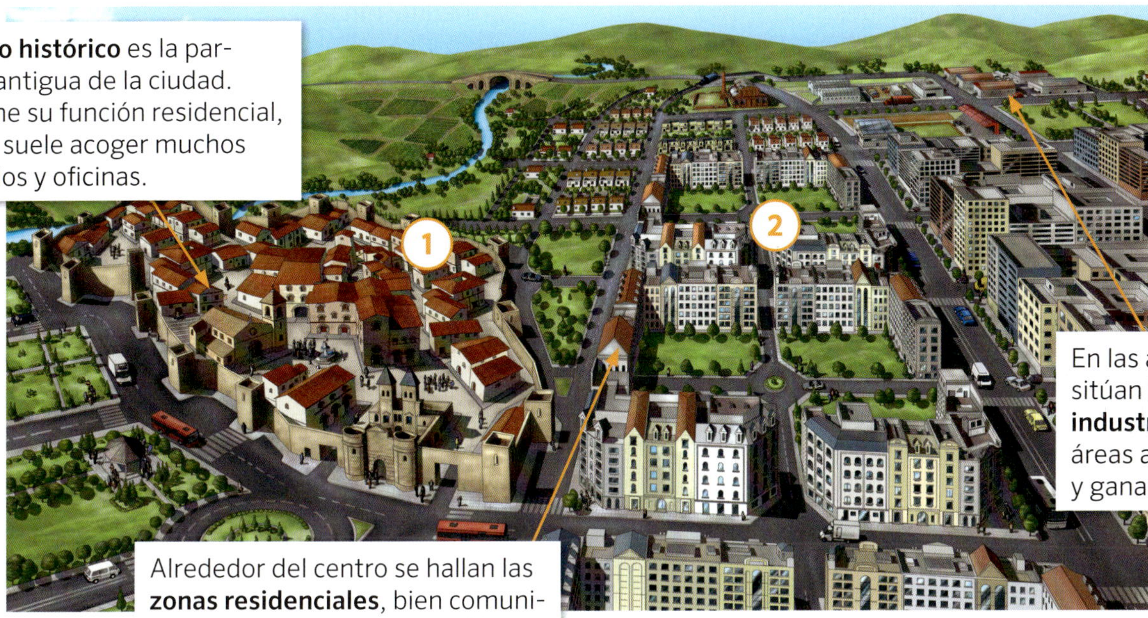

El **centro histórico** es la parte más antigua de la ciudad. Mantiene su función residencial, aunque suele acoger muchos comercios y oficinas.

En las afueras se sitúan las **zonas industriales** y las áreas agrícolas y ganaderas.

Alrededor del centro se hallan las **zonas residenciales**, bien comunicadas con el transportes públicos.

4. ¿A cuál de los dos tipos de plano se parece el plano de tu localidad?

5. Dibuja un sencillo plano de tu localidad y marca las diferentes partes en que puede dividirse.

La población en España

Las pirámides de población reflejan la población de un lugar en un momento dado por grupos de edad y de sexo.

Grupos de edad

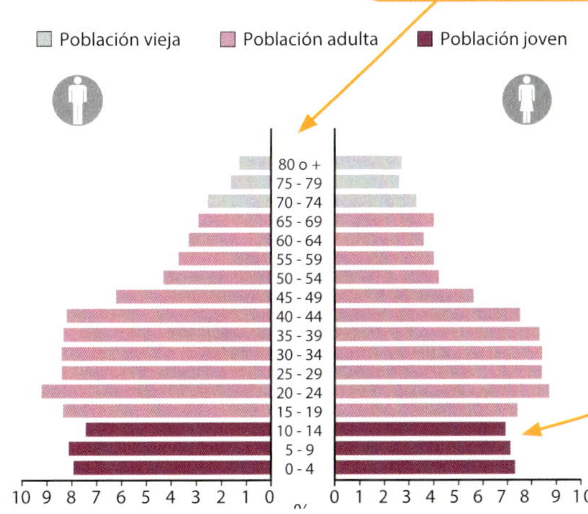

Cantidad de personas por cada grupo de edad.

Si la base es muy estrecha, significa que hay pocos nacimientos.

6. ¿Cómo es la población de una localidad si nacen pocos niños y las personas viven más tiempo?

7. ¿Qué es necesario para que crezca la población?

Aprende más | La ciudadanía europea

El relieve en las ciudades

¿Dónde se asientan las ciudades europeas? A lo largo de su Historia, en Europa se han construido ciudades sobre tipos de relieve muy variados.

Salzburgo se sitúa a los pies de la **cordillera** de los Alpes.

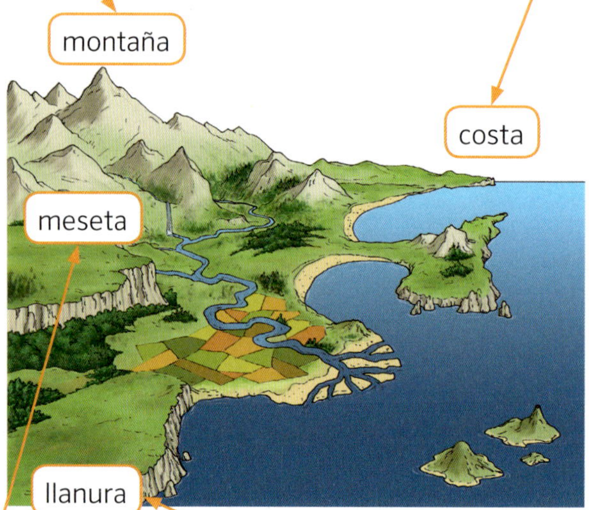

Marsella es una ciudad de la **costa** mediterránea.

Madrid se encuentra en una **meseta** sobre la península Ibérica.

Varsovia se construyó en la **gran llanura** europea.

1. ¿Sobre qué tipo de relieve se asienta tu localidad?

¿Cómo se elaboran las leyes en la Unión Europea?

1. La Comisión presenta una propuesta legislativa al Parlamento Europeo.

2. El Parlamento Europeo revisa la propuesta y la remite de nuevo a la Comisión para que la mejoren.

3. La Comisión y el Parlamento aprueban el texto definitivo. Los presidentes y secretarios generales lo firman.

4. El texto se pública en el *Diario de la Unión Europea* y pasa a ser oficial.

2. ¿Por qué crees que es necesario que un texto pase por el Parlamento Europeo antes de ser oficial?

Europeos ilustres

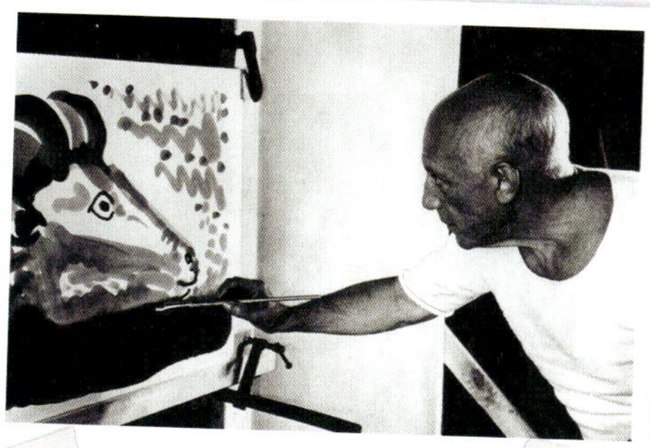

El **pintor y escultor español Pablo Ruiz Picasso** fue uno de artistas más importantes del siglo xx. En el cuadro *Guernica* quiso mostrar su rechazo a la guerra. Vivió gran parte de su vida en Francia.

El **músico alemán Ludwig van Beethoven** compuso, a pesar de su sordera, una gran cantidad de piezas musicales. De entre ellas destaca la *Sinfonía n.º* 9, cuya parte final es, desde 1972, el himno de la Unión Europea.

La **polaca Marie Curie** fue una **científica** que recibió dos premios Nobel por sus descubrimientos sobre la radiactividad. Fue la primera mujer que impartió clases como profesora en la Universidad de París.

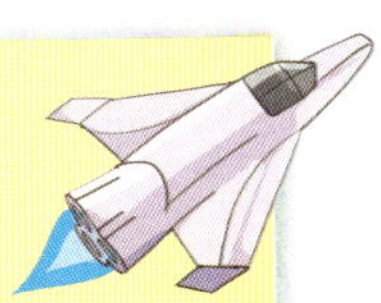

Pedro Duque es el primer **astronauta español** que ha participado en tres misiones espaciales de la Agencia Espacial Europea.

El **escritor español Miguel de Cervantes** es uno de los mayores representantes de la literatura en lengua castellana. Autor de la novela *El ingenioso hidalgo don Quijote de la Mancha*, sirvió además como soldado de los ejércitos de Felipe II.

El **físico** de origen **alemán Albert Einstein** está considerado uno de los científicos más importantes de todos los tiempos. Vivió en varios lugares de Europa hasta que llegó a Estados Unidos huyendo del nazismo. Obtuvo el Premio Nobel en 1921.

Características de la arquitectura musulmana

Mezquita de Córdoba

- Edificios construidos con una forma muy **horizontal**.
- **Arcos y columnas** en dos pisos.
- Arcos con **dos colores**.

Jardines del Generalife

- **Patios** interiores con fuentes, canales y jardines.

Alhambra de Granada

- Gran **riqueza decorativa**.
- Se usan **formas** vegetales, geométricas e inscripciones.
- No se representan personas en los edificios.

La Alhambra: un ejemplo de arquitectura musulmana

1. ¿Cuándo llegaron los musulmanes a la Península Ibérica?

El castillo medieval

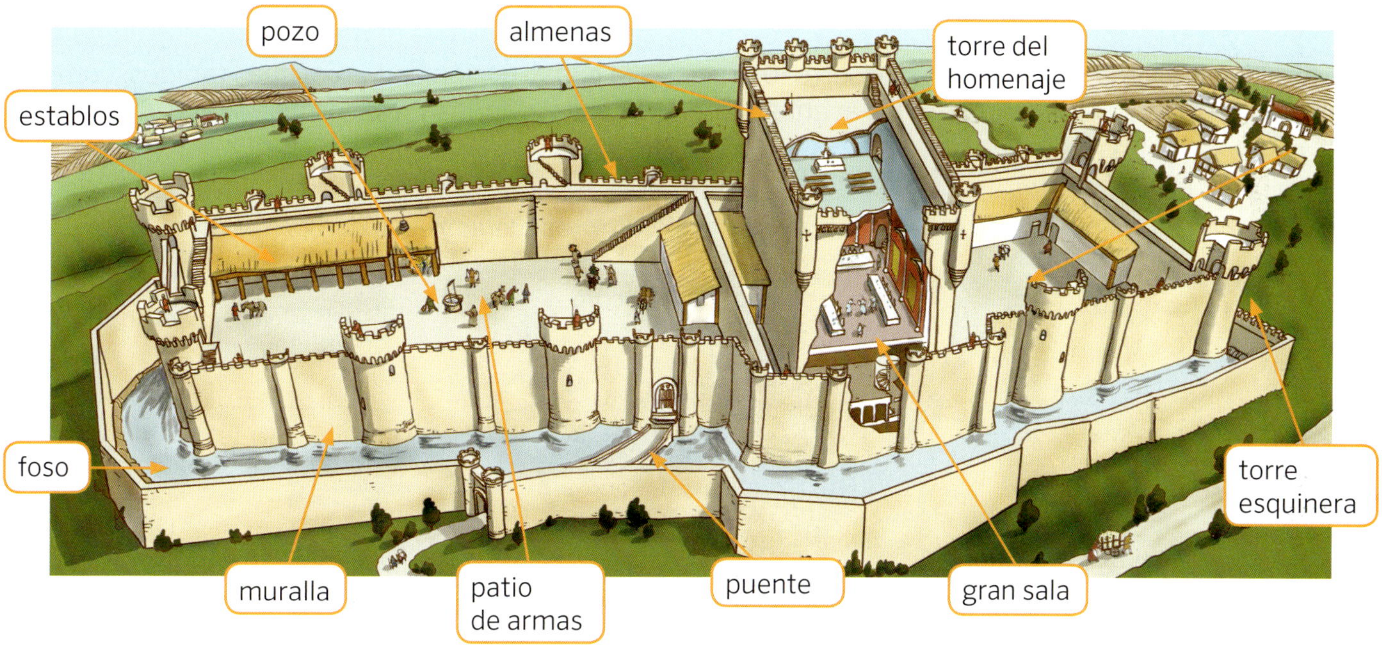

Hacia una nueva época urbana en los reinos cristianos

Desde el siglo XII, en los reinos cristianos se produjeron importantes cambios que dieron lugar a la Baja Edad Media, un período de gran desarrollo urbano.

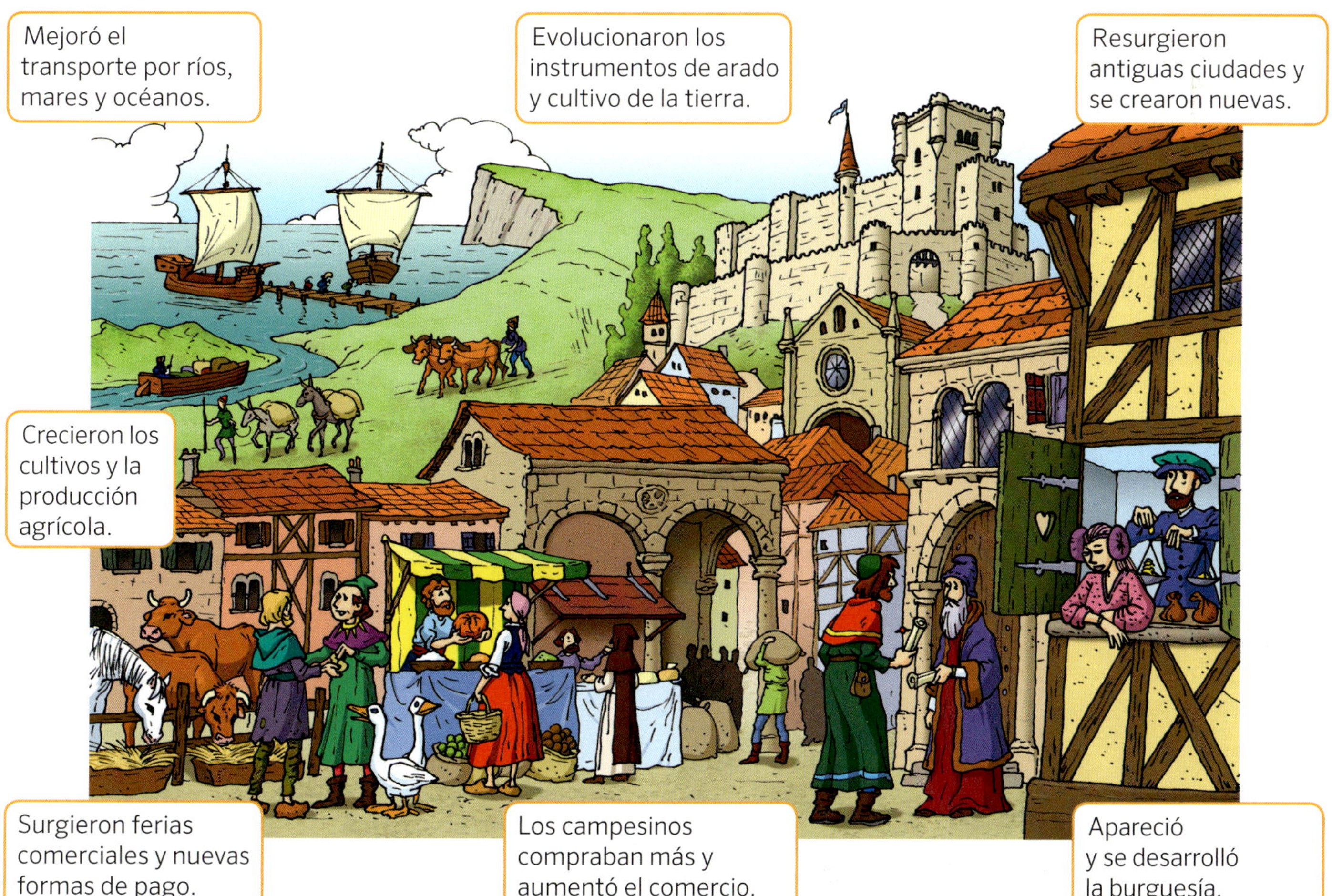

¡¡¡Tierra a la vista!!!

A partir del siglo XV, la navegación se desarrolló gracias a la construcción de barcos más rápidos, como las carabelas. En ellas se aplicaron grandes avances como las velas grandes y la enorme bodega.

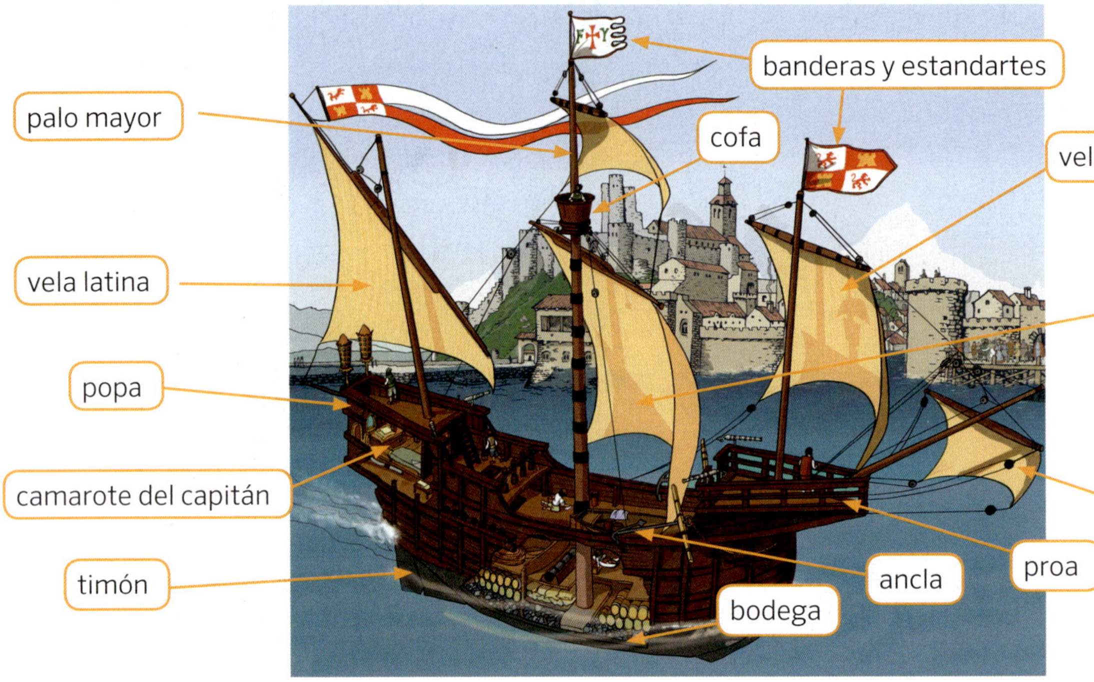

1. Unas velas más grandes aceleraron la velocidad en la navegación.

2. El mayor tamaño de las bodegas de los barcos permitió emprender largas travesías.

3. Las carabelas solían llevar una tripulación que nunca superaba los treinta marineros.

La ciencia moderna

El siglo XVII es conocido como el siglo de la revolución científica: hubo grandes avances en matemáticas, astronomía, física y medicina.

Johannes Kepler observó los movimientos de los planetas alrededor del Sol.

Isaac Newton enunció la ley de la gravitación universal y es el padre de la física moderna.

Galileo Galilei demostró que el Sol, y no la Tierra, era el centro del sistema solar.

La arquitectura barroca

Durante el Barroco, se construyeron por igual edificios religiosos y civiles: iglesias, palacios, ayuntamientos... Fueron especialmente importantes las plazas mayores, como las de Salamanca y Madrid.

1. ¿Qué otro estilo artístico que conozcas se desarrolló durante la Edad Moderna?

Los palacios reales del siglo XVIII

Durante el siglo XVIII, la dinastía de los Borbones edificó grandes palacios en la capital de España y en sus alrededores para usarlos como residencias reales.

Palacio Real de Madrid

Real Sitio de Aranjuez

Palacio Real de La Granja

El libro **Ciencias Sociales 5.º de Primaria** forma parte del Proyecto Editorial de Educación Primaria de SM. En su realización ha participado el siguiente equipo:

Autoría:
Ezequiel Parra Benito, Sara Martín Heredia, Antonio José Hidalgo Moreno
Alberto Navarro Elbal, Sergio López Barrancos (tareas finales)

Edición:
Miguel García del Río, José Ignacio Ortega Cervigón, Vanesa Blanco Alonso, Marta Pereda Sancho (TIC)

Corrección: David Busto Izquierdo, Julia San Miguel Martos

Ilustración: Ricardo Salas Loizaga/Ramiro Undabeytia Loizaga, Alberto Díaz Pérez/Pelorroto, Luis Doyague, GlezBros, Jesús Gabán (cubierta)

Ilustración secciones: Archivo SM, Marie Nigot, Jorge Galán Liquete, Marta Montaña, Félix Moreno, Felipe López Salan, Jorge Galán, Javier Andrada, Marcelo Pérez De Muti, Oscar Julve, Alya Mark, Antonio Aragüez, Lydia Sánchez Marco, David Arumí, Avi Maximiliano Luchini, Alberto Pieruz Quintana, Antonia Santolaya Ruiz-Clavijo, Mª Ángeles Aznar José Santos, Agustí Serrano, Artur la Perla, Carlos Fernandez del Castillo, DaGusto, Chema Fernández Román, Armand González Cardona, Galofré, Amadeu Blasco, Ariel Alejandro Gómez, Puño, Gerardo Miquel Roselló.

Fotografía: Fidel Puerta, José Manuel Navia, Sonsoles Prada, Javier Calbet, Juan Baraja, Hidalgo-Lopesino, Yolanda Álvarez, José Manuel Navia, Sergio Cuesta / ARCHIVO SM; Luis Castelo, María Galán, Cesar Justel, Francisco Javier Jaime, Peter Rey, Jesús Aguado, Fernando Aznar, Pedro Carrion, Comisión Europea, Vicente Resino; NASA; Russell Illig; Emma Lee; Neil Beer; STOCKTREK, Edmond Van Hoorick / PHOTODISC; GLOW IMAGES; FABRICA NACIONAL DE MONEDA Y TIMBRE; QUICK IMAGE; Carrieanne, Alexandr / Dreamstime; EFE; FIRO FOTO; INDEX; ORONOZ; PRISMA; LATINSTOCK; DIGITAL VISION; CORBIS; PHOVOIR; INGIMAGE; THINKSTOCK; CORDON PRESS; Ablestock; 123RF; SHUTTERSTOCK; GETTY IMAGES; ILLUSTRATED LONDON NEWS; BRIDGEMANN; NASA; MUSEO DEL LOUVRE; AGE FOTOSTOCK; ALBUM

Edición gráfica: Laura Villanueva Wheeler, Sonsoles Prada San Segundo

Diseño de cubierta e interiores: Estudio SM

Responsable del proyecto: Vanesa Blanco Alonso

Coordinación de contenidos digitales: Mara Mañas Martínez

Coordinación editorial de Humanidades: Javier Ibarra Alonso, Javier Rambaud Cabello

Coordinación editorial de Primaria: Pilar Menéndez Camarena, Nuria Corredera Arana

Dirección de Arte del proyecto: Mario Dequel Losa

Dirección editorial: Aída Moya Librero

Ilustración de cubierta
de Jesús Gabán,
del libro *Versos del bosque*,
Ediciones SM, 2013.

ISBN General: 978-84-675-6994-0
ISBN Andalucía: 978-84-675-7683-2
Deposito legal: M-04.552-2014
Impreso en la UE / *Printed in EU*

Este libro está impreso
en papel procedente de
bosques gestionados
de manera sostenible.